詩論のための試論

高柳　誠

玉川大学出版部

詩論のための試論

高柳　誠

目次

I　詩とポエジー　5

Ⅱ　詩と詩人　67

装画　川口起美雄「境界」
装幀　三田村邦亮

I

詩とポエジー

詩の淵源を

詩が拠って立つもの、あるいは、詩の母胎となるものをポエジーと名づけるならば、私はそれを、宇宙的・天上的なエネルギーの顕現・発露に他ならないと考えている。従って、詩は、現実や日常といった地上的・人間的秩序に支配されないはずのものだろう。そうした地上的・人間的秩序や構造を、横断し、飛翔し、超出しようとする精神の運動こそが、詩作という行為なのだ。

もう少し具体的に言えば、ポエジーとは、遙か遠くかすかに聴こえる宇宙からの呼び声であり、水滴や光の形を借りて一瞬姿を見せる霊的なものの戯れ・舞踏でもある。私は、耳を澄まし一個のアンテナとなって、宇宙からの電磁波を捕え、カメラとなるまで目を凝らして、光や水の戯れを心の印画紙に焼きつける。ポエジーは、本質的にどこにでも遍在する。世界の中に溢れかえっている。たとえば、風のとどろきに、虹に、鳥の声に、木の葉の戯れに。

しかし、そうした外界のポエジーを感じ取るためには、自己の最も深い所にそれに感応するものを持たなければならない。比喩的に言うならば、風のとどろきを己の心臓の鼓動のうちに聴き、虹を自らの胸郭の内部に架けなければならないのだ。外界にあるポエジーが、内部の一番深い所を刺し貫いてこそ、それが初めてその人に宿るのである。その意味で、ポエジーはまた、ユング的な無意識層に発するものだと言ってもよいだろう。だからこそ、理解を越えた瞬間的な感得という形で読み手の無意識層にまで届くのだろうし、このことによってのみ、偏狭な「私性」を超える深い普遍性を獲得できるのであろう。

詩人は、このようなポエジーに刻印づけられた記憶を真に自分の体験とするために詩を書くのである。従って、詩とは、今までことばでは表現できなかった、ある超越的なもの、霊的なもの、潜在的なものを、ことばによって喚起する行為だと言ってよい。これによって、今まで存在しなかったものがこの世界に存在するようになり（不可視のものが可視化され）、他者（読者）と共有が可能となるのだ。換言すれば、名づけられぬものに対して名づけようとする、ことばの運動それ自体が詩なのである。

ここに、ことばの問題が浮上する。ことばとは不思議なものだ。元来人間が生み出したものでありながら、ことばは、生み出した人間の生命を遙かに越え、それ自体で独自の秩序・世界を持つに至った。人間を離れては存在できないはずなのに、ことばは大きな有機的生命体として生き続けてきた。そう、ことばこそ、集合体としての人間と霊的なものとを両親として、この世界に生まれてきたものなのだ。ことばが霊的な存在であるのは、この出自によるのだろうし、ことばにポエジーが宿りうるのも、このためだろう。

ところが、ことばは一方で、〈もの〉に対する仮の符号にしかすぎない。言ってみれば、〈虚〉のものなのだ。しかも、〈もの〉と〈ことば〉とは恣意的偶然によって結びついているにすぎない。だからこそ、同じ〈もの〉を言語ごとに違った〈ことば〉で呼ぶという現象も起こるのである。その偶然性を強く意識しながらも、〈もの〉と〈ことば〉とが必然的に結びついたと感じさせるものこそ、詩であろう。〈もの〉は独自の光を出して〈ことば〉の方へ溶け出し、〈ことば〉は妙なる音を響かせて〈もの〉の中へ入ろうとする。詩こそは、こうした〈もの〉と〈ことば〉との究極的な一致・聖なる合一をめざすものだろう。

だがしかし、これはあくまでも究極の目標であって、言ってみれば、絶対に辿り着けない至高の一致点である。この至高の一致点を単純に信じている詩人が現在いるとは到底考えられないが、だからといって、このヴィジョンを振り捨ててしまえるかと言うと、そう簡単にはいかない。到達不可能の至高の一致点という幻想こそ詩の淵源であって、これを失うことは詩の存在証明をなくすことに等しいからだ。信じられないものを究極の目標に置かなければならない——こうした二律背反を、現代の詩人は担わされている。

従って、詩人は、到達不可能な究極の目標をどこかで夢見ながら、そこへ至り着けない現状報告を日々記す冒険家にどこか似ている。しかも、その現状報告も、〈もの〉と〈ことば〉との究極的な一致をどこかで夢見ながら、現実には、この両者の間の奇妙なズレや軋轢、不合一や分裂を見せるものにならざるをえない。いや、むしろ、そうした乖離や不和を描くことが、目的と化していくだろう。現代詩が幸福な調和を失って、どこか苦し気な息づかいに充ちているのは、このことに主な原因があろう。

こう考えてくると、〈もの〉と〈ことば〉とが置かれている関係を描くことこそが、現代における詩作行為の意味となってくることが分かる。しかも、この関係は固着したものではなく（なぜなら、固着した途端、それは一つの現実的な秩序となり、そこに霊的なものが入り込めなくなるから）、一瞬ごとに変化していくものとならざるをえない。従って、詩作も、ものとことばとの〈関係〉の〈変化〉をこそ捉えるものへと比重を移していくはずである。今や、詩に向かおうとする不断の姿勢のうちにしか、詩は存在しないのだ。

ところが、この〈もの〉の側が、二回目のミレニアムを通過した現在、奇妙な変化を見せ始めている。インターネットに象徴されるような情報の瞬間的な流通過多によって、あるいは、ＴＶゲームなどの擬似現実の氾濫によって、私たちはむしろ、〈もの〉そのものから疎外されてしまっている。細分化された情報や氾濫する擬似現実によって、世界の全体性はとうに失われ、世界そのものがバラバラに分割された上で、その細部が異常なまでに増殖していく。細部の増殖によって、バラバラになった世界が内側へ内側へと無限化していくのだ。

ここには、二十一世紀における科学文明の潮流の影響がはっきりと見られる。電子顕微鏡などの著しい発達によって、私たちはものの内部にある微細な世界の発見に突き進むようになった。分子から原子へ、さらには原子そのものの構造へと。人体についても同じだ。解剖学的レベルはとうに越えて細胞へ、さらにＤＮＡの構造の究明へと、世界は微細化への一途を辿っている。内へ、内へ、ミクロへ、ミクロへ、とひたすら向かうことによって、私たちは〈もの全体〉としての輪郭や手触りを失おうとしている。

それが私たちの時代ならば、嘆いていても始まらない。すでに己ではなくなる程の無意識にまで降りていった果てに、その時代相を摑むのが詩であるなら、そうした微細なものの果てに、〈もの〉そのものが分裂し、乖離し、断絶して崩壊に至る相を描くのは、必然かもしれない。しかし、〈もの〉と〈ことば〉との聖なる合一を夢見る行為が詩の淵源であるならば、私たちは一方で、〈もの〉の全体像を、〈もの〉たちの集積する〈世界〉の全体像を希求する姿勢を、どこかで持ち続けなければならない。いかに、それが見通しにくい時代であっても——。

私たちは、ことばとの微細な表層で戯れるだけではなく、〈もの〉そのものの内部へ深く下降していって、その微細な諸相を精密に見つめると同時に、〈もの〉全体の輪郭や手触りも求め続けねばならない。こうした、〈もの〉の外郭と内部との間の大きな往復運動を行った上で、〈もの〉と〈ことば〉との乖離・断絶に耐えながら、この両者の関係そのものを描き続けねばならない。それはまた、〈もの〉たちから成る〈世界〉そのものと〈私〉＝〈自己〉との関係を描くことになるはずである。なぜなら、究極的に言って、〈私〉とは、私の発した〈ことば〉に他ならないからである。

詩論のための試論

1　世界からの不意打ちの光

詩は、自己の内部にあるのではない。むしろ、詩とは世界からの不意打ちの光なのである。乱暴この上ない言い方であるが、そうした比喩的、感覚的な表現を取らなければ、なかなか詩の本質そのものに近づくことは難しいのではないだろうか。つまり、詩というものは、私たち個人の側に属すものではなく、あくまで世界の側に属すものであると言いたいのだ。だから、これを「世界から溢れ出た旋律（声）」と言っても、「世界の亀裂から噴き出す泉」と言っても同じことだろう。

従って、私たちにできることと言ったら、まずは、「世界からの不意打ちの光」を感受することである。そのためには、卑小な自己に拘泥することなく、自己を感光機関となす、ある種の自己放下が必要となろう。余分な自意識を捨て去り、意識を白紙状態にして遠くからの一瞬の「光」や「声」に感応する。この際の感度が最初の問題となろう。そして、その後にはじめて、その「光」や「声」に充分に拮抗しうることばによって、それを表現する行為が必要となる。この場合のことばは、限界にまでたわんで瞬間的に撥ね返る瞬発力が要求されるため、書き手は、ことば自体の世界に身を置く勇気を求められる。

いずれにせよ、卑小な自己にこだわり、自己の内部の深淵ばかりを覗き込んでいるだけではダメなのだ。自己の裡の闇を豊饒なものにする努力は大切だ。だがしかし、それは世界からの一瞬の光を感受するための闇でなければならない。自己の裡の闇が深ければ深いほど、光もその輝きを増すはずだ。自己の闇の深淵に沈み込んで、一瞬後に深淵の底を蹴って光の岸に浮上する身のこなしが必要とされるだろう。あるいは、自己の裡の闇そのものを主題とする作品にあっても、それは、他者の闇へ、さらには普遍的な闇そのものへと繋っていく運動性を少なくとも持つものでなければならない。

ことばの問題にしてもそうだ。瞬発力の強いことばを身内に通過させるためには、自己を捨て去り、全身をことばの噴射機関とするぐらいの覚悟は必要だろう。私たちがことばを使うのではない。むしろ、私たちがことばに使われるのだ。ことばは私たちより遥かに長い年月を生き続けてきたものである。全的にことばの海に身を委ねてこそ、そこから富も汲み出せるのだ。卑小な自己だけにこだわっている暇などないはずだ。

2　世界への回路

詩は、ことばとの戯れではない。今、書かれている詩の多くに、ことばが妙に上滑りしている現象が見られる。微細な差違を競って、イメージの上、音韻の上、概念の上で、自分好みのことばと戯れる自足的な行為。パソコンを相手とした孤独な慰撫。閉ざされた内面世界での出口のない堂々巡り。詩がそれだけのものであるのなら、他者に向けて発信する必要もないし、そもそも書くべき意義もないだろう。

詩に「遊び」の要素が不要だと言うのではない。むしろ「遊び」は、詩に必須の要件だと言ってさえよい。遊び心がなければ、その詩は硬直する。しかし、その場合の「遊び」は、大袈裟に言って「生」を賭した遊びでなければならない。つまり、作品の内部世界をどれだけ切実に生きたかが問題となってくる。作者が、自分にとっての未知の世界を驚き、楽しむことがなければ、読者がそこにリアリティを感じ取るはずもない。

しかも、その作品世界を真摯に生きたからそれでよいというものでもない。どこまでも深く作品世界に沈潜して、しかる後、現実世界に帰還しなければならない。むしろ、この振幅の大きい往還運動こそが、詩作行為だと言ってもよい。卑小な自己を放下して、どこまでもことばの海の深淵に沈み込む。そこで一束のことばの花を摑んで現実の海面に急浮上する。そうしたある種のバランス感覚が、詩作には絶対必要とされる。

さらに、作品世界が、その最深部で、いわば地下水脈のように現実世界そのものと確実に繋がっていなければならない。それは、作品に、社会的現実や風俗的状況を直接取り込むこととは、全く別の次元のことだ。表面的に社会現象を取り込んでも、本質的に世界と繋っていない作品は山ほど存在する。むしろ、作品世界そのものが、現実世界との回路をどれだけ多く持っているかが問題となろう。

詩作品がことばとの戯れにしか見えないということは、そこに作者の世界観が反映していないということだ。詩は、無論、作者の世界観を直接に表出するためのものではない。私たちは、そういった作品に辟易させられてきた。それを承知の上で言うと、結局詩を読む楽しみとは、この上もなく魅力的なことばの最深部に、書き手がこの世界をどう認識し、どう感じ取っているかが、他ならぬそのことばの魅力的な形象を通して透けて見えてくることではないだろうか。口どけのよい、見た目に美しい、あるいは、感覚的に人を驚かす、その場限りのことばの連なりだけでは、もはやどうしようもない。作者には、作品世界と現実世界との、どちらをも充全に生きることが必要とされているのである。

3 〈私〉との距離

詩は、自己表出のための手段ではない。自己表出が目的であるならば、それは単にプロパガンダにしかすぎない。にもかかわらず、現在書かれている多くの作品中の「私」は、あまりにも作者自身でありすぎる。あるいは、いささか安易に作品中の「私」を仮構しているにすぎない。未だに〈私小説〉ならぬ〈私詩〉が横行しているのだ。つまり、作品の中の「私」（あるいは「登場人物」）と、その作品を書いている〈書き手〉、それに作者自身の間に距離がなさすぎるのだ。

確かに、作品を書いているのは作者である〈私〉に違いないが、それは同時に、もはや作者個人を超えた非人称的な〈誰か〉になっていなければならない。だからこそ、しばしば作者自身も思ってもみぬような表現が飛び出してくるのだ。そして、これが詩を書く醍醐味でなくて何であろう。詩作に熱中している時、〈私ならぬ私〉が出現する。だからこそ、個を超えた普遍に作品が行き着くことが可能になるのだ。作者と作品との間には、従って、その作品限りの抽象的な書き手が存在する（入沢康夫は、これを「発話者」と命名したが、詳しくは氏の詩論をぜひ読んでほしい）。それは、もはやある意味で個の顔を捨てた、ことばの使徒になっているはずだ。

そのためには、作中の「私」と作品ごとの抽象的な〈書き手〉と自分自身とを冷静に測定する批評眼も、一方ではまた必ず必要となってくる。詩の書き手の多くに、自己を客観的に見据える視座があまりにも欠けている。「自己批評できぬ表現者はダメだ。」という命題は言い古されてはいるが、永遠に正しい（逆は必ずしも真とは言えないが……）。若いうちは、自己の内面にばかり目が行って、自分を客観視できないのは、ある程度やむをえない。だがしかし、自己の裡に他者の目を決定的に欠いていたのでは、作者としての成長もない。己の「いま」「ここ」を離れて、新しい〈私〉を構築する訓練が必要だろう。そして、それこそが想像力の働きである。全面的な「私ことば」に充ち溢れた作品では、他者へと通じる回路もない。

他者の目で自分を見つめてこそ、そこに新しい自己の発見――思ってもみなかった自分の中の未知の部分の発見――もあるのだ。詩を書くことは、未知の自分に出会い続けることでもある。手持ちの〈私〉の中でぬくぬくと自足しているだけでは、自分でも驚き、他人をも感動させる詩を書くことは不可能であろう。自己を冷静に見据える批評眼と、絶えず自己の未知の部分を発掘する勇気とが、常に詩作には求められているのだ。

4　詩における方法

詩は、技術ではない。ただし、急いで付け加えておくと、詩を書くのに技術は絶対的に必要だ。従って、詩人は技術的に上手くなければならない。「下手な詩人」というのは、形容矛盾だ。その上でなお言うと、詩は技術で書くものではない。現在、詩の書き手たちは、総じて詩の技術に長けている。しかも、そこそこに長けている。それは、詩の技術に習熟してはいるものの、過去の技術の集積から一歩も踏み出ていないということである。

詩における方法というものは、断じて単なる技術ではなく、書き手が、この世界をどう認識し、それにどう対処しようとしているかを表現するための手段である。従って、過去の詩法から学ぶのならば、その書き手の世界観を一旦そのまま受容し、その上で自分なりに咀嚼し批評し、取捨選択するしかない。過去の技術の総体から一歩も踏み出していないということは、そうした内面の葛藤を経ずに、いささか安易に意匠としてのみ過去の技術を模倣していることを意味する。

従って、多くの詩のことばが、閉鎖的なコードの裡に自足している。作者自身の世界認識・世界感受とヴィヴィッドに繋がってはいないことばを、安易に撒き散らしているだけだから、同じような感性を持つ者には理解できるだろうが、絶対的他者に繋がる通路を持ち得ないのだ。詩が芸術である以上、感性の部分も大きな要素を占めるため、ある程度それもやむを得まい。しかし、自分固有の巣にこもり、そこで精妙にことばの糸を紡いでも、それは世界と関わったことにはならない。

もう一度言うが、詩における方法とは、煎じ詰めれば、作者の世界に対する態度の表れなのだ。その意味では、個々の作品において、作者が世界とどう対峙しているかが、その都度問われているということだ。大変と言えば、これほど大変なこともない。しかし、生きるとは、そもそもそういうことだろう。詩を書くことは、書き手がひとつひとつことばで世界を確認していく行為に他ならない。その行為のひとつひとつの手つきが、詩法として避けがたく作品に現れてくるのだ。

「はじめに技術ありき」ではない。まず世界に対する態度が先にあって、その後にそれを表現すべく詩法が来る。対世界態度は、本質的に作者固有のものであるから、当然詩法も作者固有のものとなるはずだ。いきなり新しい詩法の創造は無理としても、世界に対する態度を明確にしていけば、遠からず固有の詩法に辿り着く。もっともその詩法にしても、原則的に一回限りのものであることは、言っておかなくてはならないのだが……。それを大変だと思う人は、詩を書くことをやめた方がよい。

5　ことばを超えるもの

詩は、修辞学ではない。現在書かれている詩の多くは、テクスチュールとしては益々精緻になってきている。修辞の微細な差違の中にしか、己の存在を刻印することはできないというかのように。しかし、修辞の微細な罠にはまればはまる程、失われていく何かがあるようだ。それが何かを言うのは難しいが、己を大きく超えた何ものかの声ということはできるかもしれない。そもそも、詩作品に己の刻印を打つことは、第一義ではない。

詩を書こうとする者は、修辞の腕を磨くことも大切だが、それ以上に、己を超えた遠くからの声、ことばを超えた世界からの声に耳を澄ます能力が必要とされる。同時にそれは、自己の奥深くからの声、自分自身にも未知である深淵からの声でもあろう。古来、芸術家は、この遠くからの声に導かれて様々な表現を探ってきた。詩人はことばによって、作曲家は音階やリズムによって、画家は色や形によって。従って、優れた芸術作品はその構成要素それ自体が極めて魅力的であると同時に、それを超え出る相貌をも必ず内包している。

音楽を例にとると、音階・リズムといったその作品を構成する、いわば直接耳に聞こえてくるこの上なく魅惑的な音楽の奥に、それら現実的な要素を超越した耳には聞こえない音楽（それをなおも音楽と呼ぶことができるかどうかは別の問題として）が突然立ち現れてくることがある。そして、その「音楽」こそが、この世を超越した遙か高みへと私たちを連れ去って行く。その時私たちは、音階やリズムといった耳に聞こえるものを通して、その向う側（絶対的彼岸）のこの世には存在しえないある霊的なものの存在を感じ取っているはずだ。

これは絵にしても、詩にしても同じことだ。一字一字印字されたことばの相互的な働きの奥に、他ならぬことばそのものを超えた何か霊的なものの舞踏を感じ取るからこそ、私たちは詩を必要とするのだろう。詩が、修辞学や雄弁術と区別されなければならないのは、正にこの点によるのである。一字一字整然と印字されたことばが、その不自由な己の軛を破って幻視の空間に舞い出す、そうしたポエジーの至福に賭けて、私たちは詩作しなければならない。しかも、ことばによって、ことばを超え出るものたちを表現するという原理的矛盾に耐え抜きながら――。

6　ことばを武器に

詩は、自己を護るための繭ではない。多くの作品が防御的な姿勢で書かれているのが、私には気になる。つまり、世界から傷つけられるのを恐れて、自らの巣穴を護るために幾重にもことばの糸を紡いでいるように見えるのだ。勿論、つとにポーが見抜いたように、世界への違和感こそは詩の淵源に違いない。しかし、その場合の違和は、世界そのものに対する根源的な異議・違和であって、決して個人的・現実的な怨みつらみの感情の次元のものではないはずだ。

詩が現実世界から自己を護るだけの道具であってはならない。むしろ、詩作とは、根源的な違和を抱く世界に対する、ことばを武器として立ち向かう行為としてあるはずだ。その意味では、一篇一篇の作品は、自分が今現在、世界を相手にどう戦っているかの中間報告にすぎない（例えばカフカを見よ)。言ってみれば、詩とは、刺すか刺されるかの世界との真剣勝負であるべきなのだ。巨大な、捉えどころのない世界そのものを相手にするのだから、一定の戦い方、固着した戦法などあるはずもない。勢いその手法はゲリラ的、遊撃的にならざるを得ない。戦い方自体が変化すれば、当然作品の詩法も変化する。従って、詩を書けば書くほど、一方で旧来の自己からの変革が促され、次第に自我の殻から自由になっていくはずである。だが逆に、詩作が防禦的に自分の巣穴を護るための行為になっているから、書けば書くほど、自分の詩法にがんじがらめになっていく。

防禦的である限り、そうした自己は変わりようがないし、作品も閉塞的な息苦しいものになるしかない。むしろ、自己が変わることを恐れてさえいるのだろう。従って、視線も内向きに常に自己の内面に注がれるため、本質的に外界がない。自分の内面に存在する疑似的現実だけがあって、現実のものたちによって成立している外的世界が感じ取れない。しかし、詩作とはそもそも、自己の内的世界を描くよりも、世界と自己との関係を、あるいは世界に対する自己の態度を築き上げる行為であったはずだ。

詩を書く者は、ともすれば世界から防禦的になる姿勢をこそ、捨てなければならない。自己の巣穴から出て、世界の風に吹かれなければならない。様々なものに直接触れ合わなければならない。そして、一つ一つ具体的なものに即して思索＝詩作せよ。それによって、初めて、ことばを武器とする世界への攻撃もいくらかの有効性を持ちうるかもしれない。少なくとも、詩におけるリアリティは確保できるであろう。欠けているのは、攻撃の姿勢なのだ。

7　具体と抽象との往復運動

詩は、伝達のための行為ではない。勿論、ことばに意味がある以上、ことばを使ってなされる詩作は、他者に何ものかを伝えるための行為という側面を免れることはできない。しかし、だからといって、何ものかを伝えるためにのみ詩作をするのは、少なくとも偏狭な態度ではあろう。なぜなら、詩を書くことは、それ以上に、今までことばになりえなかったものを、他ならぬことばの形式・方法によって捉え、この世に存在させるための行為であるはずだからである。

従って、詩作とは、作者自身にとっても未知なるものを、作者自身にとっても未知なることばで探る行為とならざるを得ない。詩作が芸術行為であるとしたら、それは、この一点をおいて他にはない。しかし、作者自身にもはっきりとは見えないものを、あるいは、予感として存在しているにすぎないものを、明確なことばの形として提示するためには、むろんそれなりの工夫がいる。未知なるものを混沌たるがままに描出したのでは、自分自身は納得できても、その体験を他者と共有することはできない。

不可視のものを可視化するためには、抽象的な概念でさえも必ず具体的なものの手触りを通して描くことが必要となる。現在の詩の多くは、圧倒的にそのことばにものとしての手触りが足りない。私たちを取り巻く擬似現実の波が、益々それを難しくしている状況もあろう。しかし、ことばは、意味を通してよりも、この具体的なものの手触りを介してこそ共有されると言うべきだろう。

抽象的な内容を具体的なものを通して考える。あるいは、具体的なものの中に抽象への視線を感じ取る。例えば、〈鳥〉という普遍的な概念を考える時も、極めて具体的なものとしての「一羽の鳥」をもって思考すべきだし、逆に「一羽の鳥」を造型する時も、それが、普遍的な〈鳥〉そのものの概念へと至るベクトルを持っていなければならない。しかもそれは、必ずしも現実のものに還元しえない抽象的概念の時でさえ、ことばとしてのものの手触りが追求されなければならない。

この具体と抽象との、「見えるもの」と「見えないもの」との精神の往復運動こそが、詩作行為であるとさえ言ってよい。そして、具体を通して抽象を見る、あるいは、抽象を考える時に具体をもってすることが、同時に、作者の「個」を超え出る契機となるべきはずだ。なぜなら、己の「個」としてのいま・ここを超えて、さらに普遍的な存在への志向（思考）を、詩作が促すに違いないからだ。

8 「象徴」という行為

詩は、饒舌ではない。勿論、饒舌がすべていけないわけではない。饒舌も一つの詩法であるには違いないし、饒舌体でしか語れぬ詩想もあろう。ただし、それはあくまで、作品が要請する詩法であった場合、ことばを換えれば、作者が詩想に相応しいスタイルを意識的に（あるいは無意識のうちに）選び取った場合に限られる。しかし、ここで言う饒舌とは、スタイル上のそれではなく、むしろ、作品の要請上から言えば、余分なもの、過剰なもののことである。

イメージの微細な差違を追求しようとすれば、ことば自体も精緻にならざるを得なくなり、その結果、ついついことばが過剰となる生理も分からぬでもない。形容がさらなる形容を求める、ことばの運動性の問題も理解できる。従って、自分の内部にある、未だことばにならざるイメージを追って、精緻なことばでその細部を詰めていこうとする姿勢こそ、書き手としての誠意であると考えても、それはそれで不思議ではない。しかし、本当にそうだろうか？

ことばは、本質的に、現実にある〈もの〉とは異なる。現実にある〈もの〉を指示することはできても、その〈もの〉自体とは別の存在である。これは、イメージ上の〈もの〉についても全く同じだ。そうであるならば、イメージの微細な差違をいくらことばで追求しようとしても、それは本来不可能なことではないだろうか。細部に拘泥すればする程、いきいきとした全体像が瀕死に近い状態に陥ってしまう。その結果、死物と戯れる、自分だけの狭い世界にのめり込んで行く危険がある。

そこで、イメージの微細な差違を正確に写し取ることを断念した地点から、「象徴」という行為が浮かび上がる。つまり、最小限の要素を提出することによって、その背後にある大きな世界を、その全体像を、読み手に感得させる行為である。具体的には、読み手の想像力に最も深く働きかけることばを残して、他の余分なことばを大胆に削除することである。しかし、この際、どの要素を残すかという選択が、最大の難問となる。

選択を間違うと、背後の大きな全体世界を感じさせないどころか、作品の各要素が全く脈絡を失って分解してしまう。そこで、互いに呼び交わすことばそのものの求心的な〈声〉を聞き取る耳が必要となってくる。自分の裡なるイメージを何としてもことばで定着してやろうとする姿勢を捨て、ことば自体の深い〈声〉を聞く姿勢を取ることが大切である。つまり、あくまで主体はことばの側にあるということだ。

9 「ことばの海」の中で

詩は、私たちが所有しているものではない。むしろ、私たちこそ、詩に所有されていると言うべきだろう。「詩」というのが分かりにくいならば、「ことば」と言い換えた方が理解しやすいかもしれない。私たちは、普段、ことばを所有していると考えがちだが、それは明らかに間違っている。なぜなら、ことばは、私たちが生きている間だけ、何ものかから貸し与えられているにすぎないものだからである。

ことばは、私たちを遙かに超える豊かで、巨大な存在である。それは、私たちの個を超えて存在する。確かに、人間がことばを産み出したことは事実だ。何もない所に、太古の人々が一つ一つことばを造り出していったのであろう。しかし、最初に名を与えた個人の生命を超えて、ことばはことば固有の生命を持った。だからこそ、ことばは現在にまで生き続けることができたのだ。むろん、短命なままにすでに滅びてしまったことばも、また無限にあるにはあるのだが……。

私たちがこの世に生を享ける時、すでにそこにはことばがある。私たちは、いわば「ことばの海」の中に生まれ落ちてくるのである。本質的にことばは、私たちの個体性を超えてそれ自体の生命を持つ、有機的な大きな流れである。その流れの中に、私たちの個体性は所有されると考えた方が、むしろ正しいとは言えないだろうか。個体性のうちだけに閉じ込められた「ことばの力」など、たかが知れていると認識すべきである。

従って、私たちのなすべきことと言えば、ことば自体の生命の流れに沿う形で、一つ一つのことばをきちんと受け継ぎ、少なくともその生命を破損することなく、できうれば、少しでもそれをさらに豊かなものにして、次に来る人々に受け渡すことではないだろうか。一つ一つ自身の生命力によって世界に立とうとしていることばの欲求を正しく理解し、ささやかではあるけれど私たちの力を差し伸べることではないだろうか。

つまり、自分自身の思想や感情（あるいは主題と言ってもよい）を表出するのに便利な方へ、ことばをねじ曲げるのではなく、むしろ、己を大きく超えることばの側に導かれる姿勢こそが必要となる。あくまで主体は、ことばの側にあると言うべきだろう。ことばの側の論理や生理、その生命体としての大きなうねりを感得して、ことばがさらに望む方向にできうる限り付き従うことだ。その時、己自身を無と化す、一種の自己放下がなされるはずだ。詩人とは、自分自身の「いま」「ここ」を捨てて、ことばの側に身を置く者の謂である所以がここにある。

10　時代の〈世界像〉を

詩は、言語感覚のみで書くものではない。詩人に言語感覚が求められるのは当然だし、むしろ、それは必須条件だと言ってすらよい。ことばの〈もの〉としての手触りを感じ取り、そのイメージ、響き、色、匂い等を熟知して、それらを自らのことばとして提示できる能力こそ、詩人のものと言うべきかもしれない。少くとも、現在の状況を見る限り、こうした言語感覚の良し悪しが、評価の基準の大きな要素にされていると言ってよいだろう。

確かに、優れた言語感覚に則って書かれた作品は、繊細微妙で洗練されていて、読んでいる間は心地よい。しかし、その多くが、読後に何も残さないのはなぜだろう。言語感覚のみに頼り切ってことばを発しているだけだから、ただ〈もの〉の表層をことばが上滑りしていくだけで、〈もの〉としての手触りを感じさせないのだ。目の前の〈ことば〉だけに淫していて、その背後にあるはずの〈もの〉の世界が欠落しているのだ。

そこで、もう一つの能力が必要となってくる。それは、ランボーに倣って言えば「見者」としての資質、もっと言えば、時代を見据える視力である。詩人には、言語感覚の他に、断片の集積としての現実の奥に、通常では見えないもの（あるいは見えてはいても、それと認識できないもの）や、現実を超え出るものを感じ取って、その意味を明確なヴィジョンとして提示する能力をも兼ね備えていることが要求されるのだ。

ことばと戯れているだけでは、〈世界像〉が作品の中に見えてこないし、逆に入ってきても極めて生な形のままであろう。具体的な〈もの〉〈こと〉の集積としての現実を通して、この世界を、この時代を、どう見るかというヴィジョンの積極的な開示が、詩人に求められているのだ。この道には危険が伴う。浮薄なことばで粗雑な世界像を提示するだけなら、いかがわしい宗教家や超能力者と何ら変わらない。また、そこには、世界の明確なヴィジョンを提示する能力や資格が己にあるのかという疑問も、当然出てこよう。

しかし、詩人であるならば、現実の断片的集積を通して、時代の大きなうねりを本能的に感じ取り、日常とは異なる、〈もの〉の本質的なヴィジョンが見えることもあるはずで、その世界像を他人に強制するのでも、いかがわしいスローガンに矮小化するのでもなく、自分自身のことばで明確なヴィジョンとして提示するのは、むしろ義務なのではないだろうか。時代としての世界像が描けないから、身の回りの内閉的で微細な現実に淫する、あるいは、仮想現実の心地よい似而非リアリティの裡に逃げ込む――その生理は同時代人として理解できるが、そこに自足していては、詩は手慰みから脱け出ることは決してないだろう。

装置としての詩

私には、ことさら「散文詩」を書いているという意識はない。そもそも「散文詩」という特別なカテゴリーがあるとは信じがたい。確かに形態的には、「行分け詩」と「散文詩」というのは見やすい対立ではあるが、詩の本質から見てこうした対立が成り立つのか大いなる疑問をもっている。詩の問題は、「行分け詩」「散文詩」といった形態を超えた（あるいは形態以前の）場所に大きく横たわっているという実感が私にはある。

しかし一方で、私の作品のほとんどが、いわゆる「散文詩」の形態を取っているのも事実である。そこには、私の意識しないうちに「行分け詩」を書きたいとは思わせない生理があることも間違いない。おそらくその一つは、一般的に「詩」は行分けによって書かれるという常識に従っている旧来の詩が多くもつ、日本的・伝統的抒情の湿潤性に対する、私の気恥しさ、どうしようもない感性の距離感による。それは、かつての抒情詩に対する気恥しさというより、現代においてさえ、臆面もなく伝統的な抒情性を提出することへの拒否の感覚である。

言うまでもなく、原初において「詩」は字義通り「うた」そのものであった。節回しや韻律の力によって（多くは、楽器や舞踏の霊力を借りて）日常を超え出ることばの働きを促し、通常では見られない「超越的なもの」「至高の存在」を顕在化させたのである。韻律や節回しと絶縁し、「超越的なもの」を見失った現代となってさえも、失ったものに対する惜別の思いを込めて、あるいは微かに残る「超越的なもの」の記憶を求めて、「うた」は作品の中で内在化した。しかし、「超越的なもの」に支配された全体が初めから失われている以上、私たちはもはやうたえない。「行分け詩」に対する私の距離感は、ここに由来する。

もう一つ、「行分け詩」の呼吸・リズムが摑めないという私自身の資質の問題がある。それと同時に、作者が恣意的に行を変えていくことに対する疑念もまた私にはある。「行分け詩」では、各行は他の行と異なって極めて独自に屹立していなければならぬ。「行分け詩」が行分けした散文と区別される保証は、各行がそれ自体で屹立しているその独立性にこそある。だからこそ、「行間」があれ程重視されるのであろう。しかし「散文詩」においては、各行に全く本質的差違はない。原稿用紙のあるいは活字に組む時の字数によって、偶然に各行を成すにすぎない。「行間」などという甚だ曖昧なものもない。ということは、作者の恣意的な行分けの生理に左右されずに、作品の構造が言語自体の論理や生理に沿う形で具現されやすいということだ。

さらに「散文詩」は、一般的な意味での散文精神・散文の論理に侵蝕されやすいことが挙げられる。「行分け詩」は、形態的に即「詩作品」と認識されるため、旧来の「詩」の領土に安住しやすい。

それに対して「散文詩」は、詩的論理を備えていなければ、即散文に堕する。こうした、常に散文性に侵蝕される危機を感じながら、それに抵抗しつつ、時にはその散文性を逆手に取りつつ、自分なりの詩的論理を構築していく所に、私はスリリングな手応えを感じ続けてきた。つまり、散文の形態を取りながら、その対立概念と言われている「詩」が産み出せるかというアイロニカルな問いに、私の詩の出自を賭けてきた。

ここに、スタイル、方法の問題が登場する。散文の形態によって「詩」を掬い取るためには、それなりの方法・戦略が必要になる。しばしば「行分け詩」がそうであるように、単に瞬間的な感性・感覚だけで捉えるわけにはいかないのである。確かにかつては、天才の瞬間的な身振りで、「詩」を素手で捉えることができたかもしれない。しかし、私たちから動物的・本能的な身のこなしが失われた今、あるいは、ことばの精霊がこの世界に住みにくくなった今、ことばの精霊を摑み取るためには網なり装置なりが必要となる。私たちの詩がそのモデルとしたヨーロッパの近代詩にしても(圧倒的な影響を受けたボードレールやマラルメにしても)、私たちが考えるより遙かに厳密な法則・原理に則って書かれているはずである。

今こそむしろ、数式にも似た、あるいは結晶体にも似た緻密で強靱な組織によって、多岐な時間・空間の回路を持つ詩の構造を組み立てる必要があるのではないか。ことばの精霊を引き出すだけでは不充分なのだ。立ち現れたことばの精霊を、音楽のように組織立て、構造化する行為が求められている。ことばの精霊の瞬間的な出現にとどまらず、持続体、結晶体としてのそれの輝きこそが、現在の「詩」の意味ではないだろうか。

いや、私の側について語りすぎた。私には、ことばの精霊を造り出す力はない。むしろ、ことばの精霊を聴くための装置を、その結晶の輝きを見るための装置を作ることができるだけだ。「ことば」という日常的に身近にあるものの中に、どこともしれぬ遠くから来る日常を超え出た声が響くのを聴き、内部の最も深い所から来る光彩が輝くのに目を凝らす——それが「詩作」という行為だろう。「超越的なもの」が人々の間に生きていた時代には、だれもが日常的に、たとえば木々のざわめきに、たとえば虹の出現に感じていた「詩」を、私たちは今、テレビ・DVD・CD・パソコンといった「装置」を通してしか感じにくくなっている。

ことばは本来、そうした木々のざわめきや虹と同じく、一つ一つこの世界に独自に存在するもののはずだ。その価値や独自性を保持しつつ、世界の混沌の中から知覚の世界に、ことばが純粋な状態のまま一つの組織体・結晶体として立ち上がってくるのを、そのままの形で捉えうるための装置を夢みて私は詩作しているのだろう。世界の混沌の中からその装置（スタイル・方法）によって掬い取られたことばの精霊たちの結晶体——これが私にとっての詩の意味だろうか。

ただし、こうした装置は本質的に一回限りのものだということは言っておく必要がある。スタイル・方法が固着すると、固着した現実＝ことばしか掬えない。絶えず流動生成する世界との回路を切り拓くために、今日も私は詩を書こうとするだろう。勿論、世界との回路も恒常的でありえるはずはなく、とりあえずといった仮構のものであってみれば、絶えざる更新が必要となるわけで、世界の意味を開示する、より深い「詩」、より輝かしい「詩」を捉えるための一回限りの装置を造り出す方法・スタイルを考え続けるだろう。

始めに「行分け詩」と「散文詩」といった対立思考の無効を言った割には、両者の比較を軸に書き進めてしまったようだが、行き着いた場所はやはり、「行分け詩」「散文詩」といった概念を超える（あるいはそれ以前の）問題であったと思う。しかし、改めて言うまでもないが、詩についての論義は、不可能とまでは言わないが、あまり意義あることだとは思えない。あくまで具体的な作品がすべてである。そして、具体的な作品は、詩についての論義とは別の位相で書かれる。従って、無責任のようだが、今後私の書く作品は以上書いたことに全く拘束されない。大体、詩についての論義は私の任ではないのだ。私は、ことばの声に深く耳を澄まし、ことばの光に目を凝らそうとするだけだ。常に具体的な作品を提出することによってしか「詩」については語れないという実感を、私は強く持っている。

未知なる「ことば」を求めて

私たちは普段、まず〈もの〉が存在して、その後それに対応する記号として「ことば」が生まれたと考えている。現実に〈鳥〉がいるから「とり」ということばが作られ、実際に〈木〉というものが存在するから「き」ということばが生まれたというように。だが、はたして本当にそうだろうか。たとえば、「かぜ」ということばの場合はどうだろう。〈風〉は目に見えない。だから、むしろ「かぜ」ということばができてから、ひとは、〈風〉というものを認識できるようになったのではないだろうか。いや、〈風〉は、「かぜ」ということばができるはるか以前から、地球が誕生した時点から地球上に吹いていた、そう、多くの人は反論するだろう。

では、「勇気」は？「愛」は？「心」は？〈勇気〉というものがまずあって、それを表す「勇気」ということばが後から作られたのだろうか。むしろ、「勇気」ということばができたからこそ、ひとは〈勇気〉の内実を認識できるようになったのではないか。「心」ということばを知って、その実体を摑みうるようになったのではないか。それが言いすぎだとしても、少なくとも、実体と記号とは同時発生的、相互依存的なものであると言えないだろうか。思考や感情を明確にすることのできる「ことば」を手に入れたからこそ、人はよく考えられるようになり、よく感じられるようになったのである。

詩でも全く同じだとは言えないだろうか。ある〈思い〉を抱いて、その後詩人はそれを「ことば」におきかえて作品にすると、一般には考えられている。だが、本当にそうだろうか。詩の内実というものは、そもそも、「ことば」のかたちをとって初めて存在するものではないのか。むしろ、「ことば」の内部にしか存在できないものではないのか。「ことば」が新しい概念を生み出し、そのことによって新しい現実感覚を生み出すことができるものであるならば、その最たるものが詩のことばであるだろう。なぜなら、詩こそは、「ことば」の原理にもっとも忠実なジャンルと言えるからである。

新しい言語表現は、新しい現実認識をもたらす。このことを、詩を書く者は決して忘れてはならない。既成の世界観をなぞるだけのもの、あるいは、それを明確に図式化しただけのもの――そんなものは詩とは言えない。新しい現実認識の創出に自らの存在を賭するもの――それこそが詩である。いや、そういう言い方は、あまりに性急で正しいとは言えないかもしれない。新しい現実認識は、目指すべきものというよりも、優れた詩が結果としてもたらすものであるにすぎないからだ。

優れた詩は、必ず未知のものを抱え持っている。なぜなら、それらは、はじめて「ことば」にされた内実を持つため、既成のコードを、日常のコードを超え出てしまうからだ。その未知のものを日常の側の既知のコードに翻訳できれば、それは理解可能のものとはなるけれども、そのときそれは、すでに既知の手垢にまみれてしまっている。そこで、詩作においては、未知を未知のままに、言い換えれば、言語を見知らぬ言語のかたちのままに提示することこそが重要となってくる。

それは、すなわち、次々に生成してくることばの発生現場を、なるべくそのままの形で生け捕りにすることにほかならない。だが、こうした詩は、既知のコードに翻訳されていないので、理解することが難しい。そこで、人びとから、難解だというレッテルを貼られ、違和感さえ持たれてしまう。しかし、それは、理解しよう、慣れ親しんだ既知のコードに翻訳しようとするからいけないのであって、そのことばが生成してくる現場をそのまま新しい言語体験として受容しさえすればよいのではなかろうか。

すべて本質的な作品は、今まで詩だと思われていた領域の外にあるものを含むと言ってもよい。詩は、自らの概念の外にあるものを、その内部に取り込むことによって、常にその命脈を保ってきたジャンルなのである。そうしなければ、いつの間にか自己模倣が始まって、詩は自家中毒を起こし、やがて閉ざされた詩の内部で窒息してしまうからだ。ところが、本質的な作品は、従来の詩の領域の外からやってくるため、必ずと言ってよいほど無理解にさらされる。それらは、今まで見たこともない相貌を帯びてやってくるため、難解でわけの分からないものというイメージを与えてしまうのである。

時代に受け入れられる作品を書こうと思ったら、従来の詩の概念の中で既知の要素をうまく組み合わせて、そこにほんの少し目新しい要素を付け加えるだけの才覚があればよい。読者は、従来の詩の枠組みの内部で安心しきったうえで、新奇さをスパイスとして感じ取る。しかし、優れた作者、本質的な作者は、時代の本質をその知性・感性のアンテナで感じ取ってしまうがゆえに、今まで詩だと思われていたものの枠をはずれてまで、自らの作品を大胆に踏み出させてしまう。そこに既成の概念では理解不能のものをかぎつけて、人はそれを遠ざけてしまうのである。

しかしながら、今までの詩の枠を超えるといっても、それのみを目的とする作品は、結局短命に終わってしまうだろう。なぜなら、それらは、従来の詩の枠組みを打ち壊すことだけを目的とするから、目的が果たされた時点でその使命を終えてしまうからだ。それらの作品がもの珍しい、目新しいと感じられるうちはよいが、そうした新奇さが詩の枠内に取り込まれて既知のものになったとたんに、言語作品自体としての生命力がないためにその輝きを失ってしまう。これは、たとえば、昭和初期に活躍したモダニストの一部を想起するだけで明らかとなろう。

本質的な作者は、従来の詩の枠を破壊することを目的とするのではなく、自分が潜在的に感じ取っている現実を言語というかたちで表現した結果、いや、正確に言うと、言語というかたちで表現したものが新しい現実を呼び起こした結果、旧来の詩の枠を必然として超えてしまうのである。「ことば」を発するとは、それほど重い行為なのだ。既知のコードの中で、既成のことばと戯れているだけなら、それは何ら難しいことではない。しかし、ことばの本質に根ざそうとする行為が詩作であるならば、そのことばは、深く現実をえぐり、それへの新しい認識を作者自身にも呈示してしまうものにならざるをえない。作者自らが充分に自覚していなかった見知らぬ世界へ、ことばが導いてくれるのである。それが、詩作の喜びでなくて何であろう。

ことばは、ある状況や行為を叙述し説明するためのものだけではなく、むしろ、ある状況や概念を創造するものでもありうる以上、新たに与えられることばによって新しい実体が生じるように、詩は、また、世界を変容させうる言語行為ともなりうる。既成概念での理解を超えたものや日常的な現実を超えたものの魅力が、畏怖の念や激しい情熱を心のうちに呼び起こし、その超越的なものに対する憧れの力を借りて、世界を新しい目で認識し直すことを可能にする。それは、現実世界の側を劇的に変革させる質のものではないかもしれない。だが、それは、心の内奥部を目に見えぬほど静かにひそやかに作り変え、その人に新しい現実認識を与えるものとなるだろう。

あるものにことばを与えることは、それを可視化すること、目に「見える」ものにすることでもある。そうである以上、一方で、言語は、混沌とした世界を結果として、平準化し単純化してしまうこともありうる。つまり、言語はまた、ものごとのエッセンスだけを素描するための装置でもあるのだ。私たちは、ある未知なものに新たなことばを与えると、そのことだけで安心し、その本質をなんとなく理解したような気持ちになり、それ以上そのもの自体を見なくなりがちだ。そうした平準化を避けるためには、リズムや音の響き、くっきりとしたイメージの働きなど、ことばの姿そのものを前面に押し出して、それを見慣れないものにすること、未知のままに提出すること——一時期流行した用語で言えば「異化」することが必要となってくる。

そのとき、ことばの意味はさして重要ではなくなる。なぜなら、言語にとって意味は、そのさまざまな要素のうちのもっとも表層にあるものと言えるからだ。ことばが発生する瞬間を考えた場合、そこに最初に現れるのは、まず音であるわけで、意味というものは、ことばが社会的な存在となるための最終段階で身にまとうものであるからだ。ことばが発生する瞬間は、もっと混沌たる状況で、そこには既成の意味などというものは一つもないと考えるべきだろう。したがって、既成の意味だけに頼って書かれる詩は、自らの存在の根拠を失うことにならざるをえない。

私たちは、いたずらに既成のことばの意味だけに頼るのではなく、むしろ、言語発生の現場そのものにまで降りていき、その場の霊気を帯びたことばを、日常的現実の裂け目から提出することを心がけなければならない。しかも、ことばは、単なる〈もの〉の表象ではなく、それ自体生きながらえ、変化するものであるだけに、「作品」そのものも、日々生成し、流動するような構造を持つことが要求される——詩におけるアクチュアリティとは、このことにほかならない。

「詩」と「声」

二十年ほど前から私は、十回近くにわたってドイツを訪れ、そのたびに数都市で自作詩を朗読するという体験を重ねてきた。朗読会は、一篇ずつ日本語原文を私が読み、すぐ後にその翻訳をドイツ語朗読者が読むという形で（時には、その逆の形で）進めたのだが、必ずしも日本語を解するわけではない一般のドイツ人が多く来て下さるのを不思議に感じていた。単に原作者が朗読し、その意味をドイツ語訳で知ることができるという理由だけで、会場に足を運ぶとは考えられない。意味を知ることが目的ならば、活字で読むだけで十分だろう。

どの会場でも、むしろ日本語を解さない人たちから、日本語は大変音楽性に富んだ言語であること、日本語朗読だけでもその音声のニュアンスや強弱、読むときの表情等によって、作品全体の雰囲気やその核心部分を感得できたことを繰り返し聞かされて、あらためて「声」のもつ直接的な力をまざまざと体感させられた。詩の朗読というものは、それまでうかつに考えていたよりも、はるかに意義のあるものであった。

実を言うと、実際にドイツで朗読を行うまで、私自身、詩の翻訳についてもかなり懐疑的であった。

それは、翻訳によって意味やイメージはある程度伝えうるにしても、ことばの響き、リズム、抑揚といった詩の音楽的側面が大きく失われること（少なくとも全く別の音楽性に置き換わってしまうこと）と、ことばが生き続けてきた伝統的な背景までを移し替えることは（特に日本語とドイツ語のように大きな隔たりがある場合は）不可能に近いことの、二つの大きな理由による。

しかし、実際に日本語で朗読し、あわせてドイツ語訳も朗読してもらうことによって、この二つの欠点（特に前者）をかなり補うことができるのではないかという実感を得たし、隣で朗読される声の響きに、ドイツ語をほとんど解さない私でも鳥肌の立つほどのポエジーを感じる得難い体験もした。ドイツの人々が他の言語で創作する詩人の朗読会に出かけるのは、原作者がもっているであろうことばの意味を超えた作品の核心部分を、あるいは、翻訳を通しただけでは十分に伝わりきれない原作特有のニュアンスを、原作者の「声」を通して感じ取りたいからにほかならない。

改めて考えてみると、たしかに「声」には不思議な力がある。声帯を震わせることで発せられた声は、波動となって空気中を伝播し、相手の鼓膜を振動させ、それが大脳に伝わることでその意味を伝達する。しかし、伝わるのは意味だけだろうか。空気の振動というきわめて物理的・直接的なものだけに、意味を超えた、より体感的な響きだけではなく、色、光、匂い、肌合い、艶といった語彙でしか表現できない繊細微妙なもの、もっと言えば、霊的なものさえ伝えうる不思議さをもつのではないだろうか。

「声」と同じように、「詩」というものも、ふだん私たちが考えている以上に直接的なものに違いない。太古の人々が、虹や木の葉のさやぎにそれを感じ取っていたように。こうした虹や木の葉といった、自然界に存在するものに近いという意味においても、「声」には「詩」を直接に伝えうる力がある。言うまでもなく、「詩」の起源は例外なしに「うた」にあった。その場合、「うた」すなわち「声」とは言えないまでも、リズムやメロディをもつ「うた」にとって、直接相手の耳に空気の振動として届く「声」が、それを支える基盤として不可欠であったことは言うを俟たない。「声」の微妙な調子や陰翳、音質、抑揚、強弱などによって、「うた」としてのポエジーも精妙に伝達されたのである。

しかし、文字の発明によって記録が可能となると、記憶され伝承されねばならぬという要件を免れた「詩」は、歌われるものから記述されるものへと次第にその比重を移していく。さらに、時代が下ってグーテンベルクの印刷術が発明されると、多数の読者への伝播が一挙に可能となった「詩」は、結果的に、書物という形状に閉じ込められてしまうこととなる。その後、近代社会が成立していくとともに個人としての意識の確立が進んだこともあって、「詩」は、共同体に属する全員が集まって歌い聞くものから、個人で読むべきものへと大きく変化していく。この、「公」から「私」へ、「多」から「一」への変質の途中で、「詩」は次第に「うた」を失い、「声」を失っていったのである。

さらに、「個」の孤立が進んで、その崩壊さえ問題化しつつある現在、幼少期を除けば、書物はすでに長らく黙読するのが前提となってしまっている。その結果、活字として印字された「詩」は、本来もっていた豊かな「声」を失って、その「意味」だけを重視する方向へと必然的に傾斜していった。現在では、私たちの多くは、「詩」を読んでも、そこにメッセージ的な「意味」を求めるばかりで、「声」を想起することや、あるいは、「声」に付随することばの光や匂いや艶を感じ取ることに、きわめて鈍感になってしまった。しかし、言語の成立過程を考えてみるまでもなく、ことばにとっては、「意味」よりも「声（音）」の方が根源的な要素なのだ。

「詩」の起源が「うた」である以上、現代詩にとっても、その起源に迫るという意味で「声」の復権はきわめて重要な問題であるに違いない。意味の偏重や情報の氾濫によってやせ細ってしまった現代詩のことばに、もう一度豊かな「声」を取り戻すことは可能だろうか。そんなことを考えていたとき、劇団錬肉工房主宰の岡本章氏から舞台上演のための作品を書いてほしいというお誘いを受けた。むろん、現代詩が「うた」を喪失したのもある種の歴史的必然であった以上、「声」の復権がそんなに簡単に果たせるものではないことは充分承知のうえで、私は、詩の中に内在的な肉声を響かせる試みの一つとして、岡本氏の誘いに乗ってみようと思ったのである。

しかし、紙に印字され、それを黙読することが通常のかたちである現代詩を書き続けてきた私にとって、ことばに肉声を響かせることは想像以上に難しいことだった。話し合いで決めた基本的なテーマに沿って発想した詩の草稿を送る。そのたびに岡本氏から「もっと身体の奥に響いてくるようなことばを」という要求が出るのだが、言われている意味は頭で理解できるものの、具体的にどのようなことばを発すればいいのか皆目見当もつかない。

そんなやりとりを三回ほど続けたとき、いくつも送った断章のうちのたった一つについて、岡本氏の口から「これだけは、声に出せます」ということばが発せられた。そのとき、長らく求めていた身体的言語の発話法がストーンと私の体のうちに収まった。卑小な自己にこだわったことばを求めるからいけないのだ。自己放下をして、むしろ自分を一つの有機的機関となして、誰のものでもない普遍的なものの声を身体のうちを通して発現させればよい。そのことをようやく体得したのだ。

だが、発声法を体得したからといって、すべてが解決するということにはならない。そうした「声」を統べる作品全体の構造についても私は深く行き泥んでいた。そんな折に、岡本氏から能『融』を見ないかというお誘いを受けた。世阿弥によって完成されたこの夢幻能という形式は、霊的存在がシテとなって旅人などのワキの前に出現し、土地にまつわる伝説や身の上を語るという形を取る。この能舞台に登場する霊的存在のあり方が、作品の基本構造に対する大きな啓示を与えてくれた。

それからは、比較的順調に作品は進んだ。毎日のように死者たちが私の肉体のうちを訪れて、身体の最も深いところから己の思いを迸らせる。それは時にギリシア悲劇の登場人物だったり、聖書の中の女性だったりした。こうした誰とも知れぬ普遍的な死者たちが、いずこからともなく私の内面に立ち現われて、ほかならぬ私の身体の深奥から声を響かせる毎日は、私にとって初めてのきわめて緊迫したエキサイティングな体験であった。その時点で、〈私〉などというちっぽけな存在は跡かたもなく消え失せ、「声」の手応えだけが残ったのだ。

このような、「声」による体験に大きな啓示を感じつつあったさなか、北十字舎を主宰する天童大人氏から、都心のギャラリーを舞台とする詩人たちによる朗読の試みに参加しないかというお誘いを受けた。もちろん、私にためらいがなかったわけではない。第一、日本には朗読の文化そのものがない。また私自身、ドイツでの朗読の経験はあったものの、人前で読むほどの朗読の技術も、パフォーマーとしての度胸も持ちあわせていないし、聴衆を集めるだけの自信もない。しかも私は、どちらかというと「耳の人」というより「目の人」であり、作品も、特に初期のものは音楽性よりも活字にしたときの映像性に重点を置いたものが多いので、私の作品が朗読に耐えうるという自信もなかったのだが、とにかく「声」の可能性に挑戦してみることにした。

その後二年近くにわたって、私は毎月の朗読会を実践し、そこでの試行錯誤を繰り返して、楽しさと同時に怖さを感じることとなった。その一つは、一回限りのパフォーマンスのもつ怖ろしさである。私自身が推敲に多くの時間を割いて次第に作りこんでいくタイプであるからそう考えるのか、詩は、書き直しがいくらでもきくし、さらに、うまくいかない場合は、すべてを捨て去ってまた新たに一から作り直すことも可能だ。しかし、朗読は、その場限りの一回勝負であって、読み間違いや言い淀みがあったからといって、途中でやめたり、読み直したりは基本的にできない。また、活字の表面を単になぞって読む、アナウンサー的な正確な朗読だけでも意味がない。そこに、そのときだけの詩的空間を造出できるかの、まさに聴衆を巻き込んでの一回一回の賭けなのだ。

朗読の場で、もう一つ私が感じたことは、その作品を書いたときの発語の現場に立った気持ちで読むということである。前述した舞台の稽古に立ち会ったとき、俳優たちに、作品のことばが発生する現場まで自らの意識を深く測深鉛のように降ろしていき、その発生したばかりのことばを生け捕ったうえで、自らの肉体を通してそれを発語することの重要性を繰り返し話したのだが、自分が朗読する段になって、その要求するレベルのあまりの途方もなさに我ながら驚くこととなった。しかし、できるできないはともかくとして、その心構えだけはいつも必要だろう。

また、一方で、自分を一つの有機的機関というか、むしろ楽器に見立てて、自らの胸郭に声を反響させるように発語することも常に心がけるべきだ。つまり、のどから単に声を出すだけではなく、その発声した音を肉体を共鳴盤として胸郭の内部で反響させ、それをさらに増幅するような気持ちで朗読する。その場合、イメージとしては、詩の構築物を、聴衆と自分との間に目に見えるような形で提出するような意識が必要となる。つまりは、「声」を素材としてことばの伽藍を空間に構築する気持ちと言い換えることもできる。まさに、音楽を演奏するときの演奏家の意識と言えば、少しは理解していただけるだろうか。

今までのところ、納得できる出来だったことは一度もない。しかし、自己放下をしてことばが今まさに発生してくる現場に立ちあい、その発生したばかりのことばを捉えたうえで、自らをことばそのものと化して声帯を震わすことで物質感あふれる音声となし、それを肉体のうちの共鳴作用によって大きなうねりに増幅させ、さらにそれが会場に現出する「声」によることばの伽藍となることで、聞き手一人一人の心の奥深くまでを包み込む——つまりは、ことばそのものに生命が宿る、そういう瞬間を夢みて朗読しているのだろう。

その後私は続けて、ギリシア悲劇の「バッカイ」「オイディプス」を原作とする舞台上演のための作品を書くことになった。しかし、これらの作品は、二千年以上の生命を保持し続けたことからも明らかなように、それ自体完璧な構成をもっていて、そのままでは新たな作品として創作する余地がない。それに、古典としてではなく現代劇としての普遍性をもたせるためには、時代も場所も普遍化、抽象化する必要がある。そこで、またもや夢幻能の結構が見えてきた。というより、方法を模索していく過程で、作品自体がそれを要求したのである。

しかし、ギリシア悲劇も能も独自の世界観や様式美を有するものであって、安易な折衷が成立するような浅薄なものではない。その独自の様式美の中に、長い年月で培った世界観が一つ一つ緊密に織り込まれているからだ。だが、この両者は、その背負って立つ世界観や極致にまで洗練が進んだ様式の位相は大きく異なりながらも、独自の型を通して根源的な人間像を表出している点において、また、ある一瞬の中に人間の営みの膨大な時間の堆積を内包している点において、共通の土壌がないとは言い切れない。

両者の間の本質的な差異を見逃さないことも重要ではあるが、そこに普遍的・根源的な視座を持ち込まなければ、何ものも生まれ得ない。この差異にじっと目を凝らし、同時にそこから一挙に根源へと至る道を幻視する。こうした表層と根源との絶えざる往復運動のうちにしか、断絶と連続の有機体のうちにしか、詩も演劇もないのではないだろうか。このとき、瞬間は、瞬間であるがゆえに、過去や未来を重層的に含み込む根源的な世界像を現わしえるかもしれないのである。

こうして出来上がった「廃墟の月時計」（公演題名「月光の遠近法」）以下の四作の舞台は、私に今まで味わったことのない刺戟を与えてくれた。俳優たちの肉声を通して発せられたことばは、自身で書いたものでありながら、私の内奥を深く震撼させた。彼らの「声」の力によって、心のうちに、時に荒涼たる風が吹きすさぶ荒地が浮かび上がり、時に姉弟の甘美極まりない至福の場面が突如現われる。あるいは、何者とも知れぬ死者たちの「声」が、黄泉の国から一挙に自らの胸のうちに逆ってくる。現実には存在しない詩的空間が、俳優たちの「声」と身体表現によって、確かなリアリティをもって顕現してくる。

こうした神話的時間を生きる際には、主体と客体も固定したものではありえなくなり、めまぐるしくその位置が入れ替わって、自己解体を迫る混沌たる運動となるだろう。岡本章氏の独創的で斬新な演出によって、生の根源をめざす断絶と連続の有機体が、主体と客体の混沌たる戯れが、重層的な時間の堆積となって舞台上に幻出してくる様は、私に日常的な現実を根底から突き崩すほどの衝撃を与えた。もちろん、詩を読む楽しみも、こうした、現実世界とは別の、ことばによる詩的空間の創造にこそあることは言うまでもない。しかし、黙読のときと違って、演劇では、舞台という現実空間の中に突如詩的空間としての非在のトポスが、具体的な姿かたちで「声」を伴って現われ出るのだ。

ＳＮＳ、インターネットといった「肉声」を切り捨てたものばかりがもてはやされる昨今であるからこそ、もう一度「肉声」のもつ豊かさとその可能性を少しでも多くの人に感じてもらいたいと、強く思う。人は自らのうちの自然を失ってはは生きてはいけないのである。「肉声」を通してもう一度自らの肉体＝自然と対峙することは、意識ばかりが病的に肥大した現代人にとって、喫緊の課題と言ってもよいだろう。

こうして朗読や演劇を通して得た体験は、詩についての私の考えに新しい視点を与えてくれた。それは必ずしも、今後の作品が朗読や上演を意識して書かれるということではあるまい。また、現代詩が、その遙か起源として存在した「うた」の状態に安易に戻れるはずもない。ただ、詩の中に、日常的で卑小な〈私〉を大きく超え出る根源的な存在による豊かで内在的な「声」を響かせること、意味だけにとどまらないことばの色や光や肌触りを通して「声」の直接性を取り込むことが、今後の課題となってくるとは間違いなく言えるだろう。

現実の向こう側に

たとえば休日の午後、地下街の雑踏を歩くと、目の前に広がっている風景が妙によそよそしいものに見えてくる。冷たい反響をしか残さないタイル張りの床。よく磨かれたショーウインドー。風も吹かない、空も見えない、樹木の一本もない奇妙な空間。そこをそぞろ歩く人の群れ。そうした風景に対して、何かそぐわない感情を抱くことはないだろうか。人の群れの一員であることに言い知れぬ心のズレを感じることはないだろうか。こうした現実に対する違和感を、物心ついたときから自分ではそれと意識しないまま、私は絶えず持ち続けてきた。

「自分は、ここにいるべきはずではないのではないだろうか」、「自分は、他の人たちとどこか決定的に隔てられているのではないだろうか」——そういう子供じみた気持ちが、私自身を強く恥じさせ、他人に対して臆病にさせた。小学生以後の私が最も努力したことは、いかに他の人たちと同じように見せるかということだったが、その根底には痛いほどの恥の感覚があった。他の人と違う自分が（そのくせ、他人とどう違うかは全く理解していなかった）、恥ずかしくてたまらなかった。

私個人に限らず、いつの時代でも、子供ならばだれしも目前の大きな現実に対して、不安と虞《おそれ》と同時に、奇妙な違和を感じているはずだ。だからこそ、子供たちは、もう一つの現実である〈遊び〉にあれほど熱中できるのであろう。そこにはルールという、現実とは全く異なった世界を構築するための論理がある。遊びの世界で、子供たちは現実では十全に生きられなかったもう一つの生を精一杯に生きる。現実に対する違和感をバネとして、子供たちは〈遊び〉というもう一つの現実を生きる。〈遊び〉こそは子供たちにとって、生を賭した真剣な行為なのだ。

それが、少年から青年へと成長するにつれて、現実に対する違和感はなし崩しに現実に取り込まれて行って（あるいは、現実に適応するためのおびただしい努力をして）、人は、現実に対する違和という病から癒えるのであろう。ところが私は、違和とともに生きてきてしまった。違和感は消滅するどころか、逆に私の内面の成長と同じような歩調で今日まで成長してきた。少年ならいざ知らず、大人になってなお違和感を持ち続けていること自体、奇異と言えばこれほど奇異なこともないかもしれない。

だが、今の私は、むしろこの違和感を大切にしたいと思う。この痼疾《こしつ》こそが、私の詩の淵源であることに、このところようやくにして気づいてきたからだ。現実に対して激しい違和を抱くことは、ここにはないもう一つの現実を強く希求することにどこかでしっかりと繋っている。もし、この現実というものに十全の満足を感じているのなら、人は違和感を持ち得ない。本質的に〈希望〉を持つからこそ、人は現実に対する違和を持つのだ。

こうした私が詩を書くとしたら、それは、この現実世界ではない〈もう一つの世界〉を構築するものでなければならない。幼児が積み木をする時のような、一つ一つの断片の積み重ねが、思いもよらぬ新しい世界を次々と開示していく喜び。詩を書く喜びは、正にこうした、新しい世界が次々と開示されていく喜びである。自分自身にさえ定かには見えなかった世界が、はるか遠く、いずこからともなく自らの内部に出現したことばの魔力によって、少しずつその世界を顕《あらわ》にしていく。その、ゲームにも似たスリリングな過程こそが、私にとって、詩を書く喜びにほかならない。

私にとって詩とは、幼児の積み木遊びと同じく、もう一つの世界をこの世に出現させるための、生を賭した真剣な〈遊び〉なのである。

詩と版画のあいだ——印刷＝書物を父とする異母兄弟

私は、美術一般に対して人並みの興味を持っているつもりだが、とりわけ版画には、深い愛着を感じている。もちろんそこには、絵画などに比べて版画が、遙かに手に届きやすい価格であるという現実的な理由もあるには違いないけれど、それ以上にもっと本質的な所で、私の生理を刺激するものがあるようだ（ここで断っておくと、一口に版画と言っても様々な種類がある。そこで、この小文ではエッチングと木口木版画に話を絞ろうと思う）。

それは、第一に、反転する世界ということにある。版画では、ちょうど現実の像と鏡像との関係と同じように、原版と作品とが左右が反転した関係になる。この、〈現実〉から〈夢〉へのスリリングな転化こそ、版画の魅力の一因を成すものであろう。原版では、未だ、傷つけられ腐食された銅板、彫り刻まれた木片といった現実的な物質でしかないものが、プレス機にかけられ、あるいはバレンでこすられて、紙に転写された瞬間、画面は、現実世界での〈もの〉の形を失って、固有の時間・空間を内包した非現実的世界を持つようになるのだ。

第二に、版画は原則的に言ってモノクロームの世界だという点に関わる。モノクロームであることによって、逆に画面に、見る側の想像の裡《うち》にある色彩が浮かんでくる。それは、マイナスの色彩とでも呼びたいような、奥深く静謐な色彩のイリュージョンだ。現実に画面が着色されているより、かえってより奔放に色彩が湧出してくる。しかも、具体的な色彩に束縛されないだけ、その広がりは自由だと言えよう。

これは、映画を考え合わせれば、より納得されるだろう。私たちは普段、カラーの画面に慣らされてしまっている。しかし、時として過去の名画の、深みを帯びたモノクロームの画面を見つめていると、かえって、現代の浅薄な色彩に充ちた画面からよりも、遙かに豊かな色彩感が体験できることがあるのと同じ現象であろう。

さらに版画は、本質的に線の芸術である。一本一本の線が確実な意味を担って、それ自体で自立している。一本一刻の弛緩も許されない。一本の線の緩みが、画面全体の緊迫を一挙に突き崩してしまうことさえある。一本の線は、画面全体の中で一つの役割を受け持っていることは言うに及ばず、同時にそれ自体で具足した意味を、世界を、持ち得ている。優れた版画とはそういうものだ。曖昧な線の一本もない厳密な明確さが、この上もなく私を惹きつけてやまない。

ここまで書いてきて、ほかならぬ版画そのものに自分自身の詩法を見ていることに、私は気づかざるを得ない。私たちが日常生活の中で使っていることばと全く同じことばが、一篇の詩の中で相互に働き合って日常生活では考えられぬことばの力を発揮する時、一挙にして、非現実的世界が、夢の世界が現出する――これこそ、詩の方法でなくて何であろう。

しかもそれは、モノクロームの画面のように、余分な熱や色彩を持たぬ、極力抑制されたことばでなければならない。抑制された文体から生まれ出てくる幻想をこそ、私は信じている。さらに、一字一句として曖昧なことばがあってはならない。ことばの一つ一つは、それぞれの場で自分の役割を、意味を担っていることは言うまでもない。だが、ことばが全体の意味に奉仕するだけならば、それは日常のことばではあっても、詩のことばではありえない。詩のことばは、その上に、一語の入れ替えもきかないような、その場においてそれ自体で具足しているものでなければならない。

こうした私自身の版画に対する深い思い入れが、詩と版画との新しい融合と実験を目指す年刊誌『容器』（湯川書房刊、限定百部）において実現したことを、素直に喜びたい。これは、メンバー四人の共通した思いでもあろう。時里二郎にしても、私に負けず劣らず版画から多くの詩法を奪っている詩人であるし、木口木版画家の柄澤齊、銅版画家の北川健次にしても、私から言わせれば随分「ことばに蝕《むしば》まれた」版画家たちであるからだ。

その意味では、ジャンルは異なるとはいえ、お互いの仕事に共鳴しあい、世代を同じくする（同時代をともに生きているという実感の持てる）者たちが、一冊の書物という形態の中で出会えたことを、実に幸福に思う。『容器』が、湯川書房という、本づくりに関して高い評価を受けている版元から出せたことも幸いであった。なぜなら、版画が、その出自を尋ねれば元は印刷物であったことからも分かるように、詩と版画は、書物という形態の中でこそ、しっくりと融合するものだからだ。正に、詩と版画は、印刷＝書物を父とする異母兄弟だとも言えるのだ。

ここで私は、瀧口修造の詩の一節を引用したい誘惑に打ち克つことができない。この詩の「画家」ということばを「版画家」に置き換えれば、私の言いたいことがすべて象徴的に集約されていると信じるからである。

詩人と画家、
それはふたつの人種ではない。
二人はある日、どこかで出会ったのだが、
あとから確かめるすべもなく
ふたつが、ひとつのものの
　　　なかで出会う。

（「アララットの船あるいは空の蜜へ小さな透視の日々」第一連）

神話的世界へのノスタルジア

私は、それほど頻繁に詩を読むわけではない。殊に、自らが表現者となってからは、益々その傾向は強くなった。もちろん、私に、その時々詩の領域を展げて見せてくれた詩作品は数多いし、そもそも、そうした先行する詩作品に導かれることがなかったとしたら、私は詩など書いてはいなかったであろう。個々の作品によって、かつて味わったことのない詩の領域が、自らの内側のどこかで確実に切り拓かれていく戦慄にみちた快感は、今も私の記憶に生々しい。

しかしながら、自分が詩というジャンルで表現するようになってから、幸か不幸か、詩作に行き詰まる度に帰っていく古典としての詩作品というものを持ったことがない。個々の詩作品によって他ならぬ詩というものに目を開かせられながら、享受者として心底魅了された数多くの作品がありながら、しかも啓示や励ましはその度に受けながら、いざ自分が詩作する段になると、それらは、私にとっての詩の規範とはなりえないのだ。全くもって、詩とは、その度ごとに自らの詩の規範を確立しようと模索する行為の謂に他ならない。その意味では、私にとっての古典は、半永久的に存在しないであろう。

しかし、こうした私にとっても、具体的な作品を書き進めていく中で、作品の導き手として常に光明を投げかけ、啓示と励ましを与え続けてくれる作品は、いつもある。それは、書き進めていく作品ごとに変わるし、今までのところそれが詩作品であったことは全くと言ってよい程なかったのだが……。たとえばそれは、一枚の絵画や版画であったり、民俗学の書物や小説であったり、音楽であったりした。

その中で、私の作品、『都市の肖像』の絶えざる導き手であった、アンドレイ・タルコフスキーの『ノスタルジア』について少し書いてみたい。そう言ったからといって、『ノスタルジア』と『都市の肖像』は、表面的には多分どこも似ていない（もっとも、読み手が作品の深い位相での同質性を感じて下さるのならばこんな喜びもないが……）。だが、『都市の肖像』を書き進める上で、『ノスタルジア』が絶えず大きな勇気を与え続けてくれたことだけは事実である。もちろん、出来上ったものを比べてみて忸怩たる思いに囚われていることも、また確かな事実ではあるが……。

『ノスタルジア』について、客観的にその魅力を語ることは今の私にはできない。私は『ノスタルジア』を全篇、一つの詩として読み味わった。それ以前、『惑星ソラリス』や『ストーカー』を見て、特異な映像感覚に惹かれながらも、その文明批評性のようなものに正直に言って一抹の胡散臭さをも感じていた。ところが『ノスタルジア』においてタルコフスキーは、一挙に人間の魂の深みにまで到達してしまった。これは（遺作となった『サクリファイス』を含めて）、映画の未来を切り拓くとともに、その偉大さゆえに映画の終焉をも告げてしまったような稀有な作品である。

全篇に溢れみなぎる水のイメージ。冒頭の霧のシーンから始まって、主人公が滞在するホテルの部屋の窓ガラスを打つ雨の長い緊迫したシーン、周囲から狂人と思われているもう一人の主人公ドメニコの廃屋の天井から漏れ滴る雨、床の水たまり。書き出せば切りがないこうした水をめぐるイメージは、映画の流れの中で何ら特別なシーンではない。しかもそれらは、きわめてタルコフスキー固有のものでありながら、さらに一個人を超えた人類の原形質的な、神話的な深さを持ちえている。見る側は、己の限られた記憶を超えた神話的世界へのノスタルジアにずぶずぶと引き摺り込まれてしまう。

水のイメージと対立して、特に後半鋭く屹立してくる火のイメージ。モノクロームで突然挿入される妻と子供たち、母、シェパードの回想シーンの甘美さ。さらに、ドメニコによる七年間の幽閉から解放された小さな男の子が走り出し、それをドメニコが追うスローモーション。「パパ！　これが世界の終わりなの？」と尋ねる子供の崖下に展開する光景（このせりふは『サクリファイス』の最後のシーンの「はじめに言葉ありき。なぜなの、パパ？」という「ぼうや」のせりふに真直ぐ繋っている）。そして、映画のすべてのイメージが収斂していくような眩暈を感じさせる最後のシーンの息をのむ美しさ。こうした映像の魅惑をことばで語ることは到底できない。

タルコフスキーの映像は、何よりも多層的な意味構造を持ったものとして私たちの前に現れる。全篇の何気ないシーンの一つ一つに多層的な意味が込められている。しかも、そこから一つの意味体系を取り出すことは全く無意味だ。私たちは、そうした意味の一つ一つを読み解こうとするのではなく、意味の総体をそのまま全身で感じ取るしかない。彼の映像は、その直接性でもって私たちの理性・感性に入り込んでくる。いや、理性・感性を遙かに超えて、私たちが失おうとしている魂に直接訴えかけてくる。

一つの意味体系を作者がわきまえ顔に説明することなく、それ自体魅惑にみちた多層的な意味の織物を、象徴と比喩にみちみちた映像の織物を、何の飾りもなく私たちに提出することこそがタルコフスキーの最大の魅力ではないだろうか。そして、これこそが、今私が考えている詩の概念に最も近い。皮膚感覚・生理感覚の表面にだけ即していくような時代だからこそ、それ自体困難な比喩を、象徴を、深く愛したタルコフスキーを、私はこよなく愛す。

深い意味での比喩を、象徴を失って、何が文学なのだろうという思いが今の私には強い——いかにそれが困難なことであり、しかも時代錯誤のことであるように見えるとしても。

都市の裡の廃墟と闇

幸か不幸か、私は、現実の〈都市〉にさして興味も魅力も感じないタイプの人間である。それは、日本の都市の多くが、その内部に〈廃墟〉を抱え込んでいないからだと思われる。廃墟と化した過去の建築物は、重厚な時の流れを私たちに示唆し続けるはずだ。それが都市の重層的な構造となって、私たちにその魅力を深く印象づける。

ところが、たとえば東京の街並みに江戸時代の建物を探すことさえ、今や困難になりつつある。世界各地の長い歴史を持つ都市の中で、たかだか二、三百年前の建物さえ見つけることが難しい都市は、むしろ少数の例外に属すことは言うまでもない。東京に限らず、日本の大都市の多くは、〈いま〉〈ここ〉にしか目を向けていないようだ。時々刻々変化する絶えざる〈現在〉にのみ合わせて、都市はその薄っぺらな相貌をめまぐるしく変化させ続けている。

ここには、歴史から学ぼうとする姿勢が全くと言ってよいほど欠落している。過去が現在の裡《うち》に生きていない。もともと、この国の都市の多くは、京都のようないくつかの例外を除いて、歴史の縦軸の弱い都市である。歴史を示すものとしての廃墟を、むしろ積極的に排除し続けることで成立した都市である。時間軸のない都市は、当然、空間軸も脆くならざるを得ない。この国の歴史感覚の欠如は例示の必要がない程だが、それはまた、同時代的世界に対する認識の甘さともなって露呈していることは指摘しておいてもよいだろう。

都市の裡に廃墟を、と言っても、何も私は、単に歴史的遺物を保存しろと言っているのではない。保存も結構には違いないけれども、ある時代に輝いていたものの老いの姿を、活気ある都市の現在の中で見ることの方が大切ではないだろうか。ある時代精神の具現の一つである建築物の老化は、それを聴く意志を持つ者に対して歴史意識を語り続けるだろう。都市は、現代生活に十全な機能を備えながら、なおその内部に廃墟を抱え込むことで、多様性と深度を持ち得るはずだ。観光の場所としてではなく、廃墟が廃墟のままに機能している都市を、私は夢想する。

現代の都市の中で、廃墟が廃墟のままに機能するのは、その非実用性に徹してこそであろう。日常生活を支える実用性から遠い分だけ、廃墟は私たちの精神の深部にくい込み、私たちの想像力をかき立ててやまないはずだ。こうした都市は、都市自体が、いながらにして時間的な旅をしていると言えるのではあるまいか。〈いま〉〈ここ〉だけの狭い現実から解き放って、私たちを魂の深部への旅に誘《いざな》ってくれるのではなかろうか。

〈廃墟〉の消滅は、都市の裡の〈闇〉の喪失にどこかでしっかりと繋がっているように、私には思われてならない。遍在する不夜城には連夜人々が集い、深夜テレビは明け方まで放送を流す。都市は今や、夜を昼化することに心を砕き、人々は闇への畏怖を忘れ果てているようにさえ見える。しかし、私たちは都市においてさえ、ほんの数十年前まで色濃い闇を抱えもっていた。闇とは、言うならば妖怪変化の跋扈《ばっこ》する世界、すなわち日常の法則の通用しない世界である。これは、言うまでもなく、人間個々がその深部に抱えもっていた闇の、集合的な無意識の世界でもあった。その意味で闇は、人々の想像力の発露のための空間でもあった。

私たちの都市は、今、闇も廃墟も失って、一体どこへ行こうとしているのだろうか。昼と夜、光と闇、過去と現在、実用と非実用、こうした二つの世界にまたがって人間は存在し続けてきたはずだ。闇を失うことは、光をも弱めてしまうことにならないだろうか。私たちの生活の陰翳と深さを失うことにならないだろうか。昼だけの世界、現在だけの世界、実用だけの世界から成る都市の中で、もはや闇は、映画館やプラネタリウムといった管理された箱の中でのみ、偽りの輝きを発するのだろうか。

都市は、本来多面的でしかも統合された精神を感じさせるものであるべきだ。なぜなら、都市は、その背負ってきた歴史の総体であり、それは同時に、現在住んでいる、そして過去に住んでいた人々の精神の総体でもあるはずだから——。

Ⅱ 詩と詩人

「空無」の形象化
――那珂太郎論

1　「虚無」からの出発――『ETUDES』

那珂太郎の詩業は、一九五〇（昭和二五）年に刊行された『ETUDES』に始まる。つとに清岡卓行が指摘したように、那珂太郎ほど詩集ごとにくっきりとした詩法の変化を見せ続けた詩人も稀であったのだが、詩的出発の時点では、清岡言うところの「内省的で甘美な象徴主義ふうの世界」が展開されている。まずは初期の代表作を見てみよう。

光の背後につねにひろがる闇にも似て
すべての存在の根柢に虚無はひそむ
だが　ただ一點の灯を支へるのはかへつて幽暗であるやうに

虚無こそが　むしろ存在に意味をあたへるのではあるまいか

身を灼きつくすために　おのれの存在に火をともす蠟燭よ
すべてのものは滅ぶために在る　そのゆゑにこそ
すべてのものはかぎりなく美しくはないか
廢滅に逆らふことが生の意識であるならば

おまへのゆらぐ焔を誰が空しい浪費といひ得よう
深夜の部屋に　孤りわたしはおまへを見凝める
かすかに燈心をふるはせながら
光を放ついのちの燃燒よ

（「蠟燭」前半部）

ここには、「虚無の思想」とでも言うべきものが、自己の内面に映る物象の世界への投影を通して、いささか直接的な表現ですでに充全に言い尽くされている。たとえば、「すべてのものは滅ぶために在る　そのゆゑにこそ／すべてのものはかぎりなく美しくはないか」や「廢滅に逆らふことが生の意識であるならば」といった詩句には、「滅びの美学」とでも言うべき、死を前提としてしか自己の生存の根拠を見出すことができない逆説的な生の意識が、明確にうたわれている。もちろん、ここには、自らの死に否応なく正対せざるをえなかった、戦争という時代状況が強いた思想的基盤が透けて見えていることは言うまでもない。

『ETUDES』の時期の那珂は、時代が強いた精神状況に自己防御的に対峙するために、あえて内省的・自閉的な空間の中に存在する〈もの〉の奥にひそむ虚無の形姿をやや感傷的な口ぶりで歌った。理不尽な時代状況が有無をいわせず個人にのしかかってくるような場面で、深海魚が体内の圧力を高めることによって外的世界の水圧と拮抗するように、人は、自己の内部世界を閉ざし、その内圧を高めることによってそれに対抗する以外、どんな方法があるというのだろう。ましてや、表現者の武器であることばを未だ充全に手に入れたとは言い切れない段階ではなおさらである。散文作品の「ららら」を除けば、『ETUDES』の詩篇はすべて戦後(一九四七〜一九四九年)になって書かれたのだが、ここにはまだ戦後に特有な社会的現実は投影されてはおらず、この時期は那珂にとって戦争が強いた精神的な傷の恢復期だったことが分かる。

しかし、すべてを時代状況が強いた結果と見るのは、必ずしも正しくはないだろう。『ETUDES』には、若年から親炙していたニーチェをはじめとするヨーロッパのニヒリズム思想や、『徒然草』等に現われた中世日本の「無常観」の影響が色濃く見られるからだ。もちろん、戦争を知らない現代の読者に、この世代が担わされた時代状況の重さを真に理解することは困難であろう。詩人という種族こそ、時代思潮に精神の最も深い層を侵蝕される存在であることを考えると、当時の閉塞的時代状況こそが、那珂の詩を支配するもののすべての根源と見るべきなのかもしれない。だが、この後の彼が、執拗にこの主題を追い続けた（むしろ、極論すれば、この主題しか展開しなかった）ことを考えると、さらに精神の深い層、那珂自身の資質の基盤に存在するものをこそ注視すべきであろう。

誰がそれをとどめ得ようか　消えゆく雲の彩りを
ああ　日日くりかへされる無償の饗宴　移ろふ生の營みを
しかしそれゆゑけふのいのちを　誰が空しいと言ひ得たらうか

むしろ人よ　希ふがいい　なべて移ろふ現象が
日日にかさなり魂深く溶け入つて　心の内部に
やがてひとつのかけがへもない歌と化《な》り蘇ることを

すべてを喪失した夜闇の空が　いつか

冴えざえと高い音色に鎮魂曲《レクイエム》を奏で出すやうに……

（「生」後半部）

どこかヴァレリーやリルケを連想させる内省的な作品である。いささか直接的で感傷的な歌いぶりながら、ここにも「なべて移ろふ現象が」「かけがへもない歌と化《な》り蘇ることを」「希ふ」、まさに「滅びの美学」とも言うべき逆説的な生の意識がはっきりと投影されている。戦争によって、その青春の「すべてを喪失した」この世代特有の時代思潮が明確に現われていることを読み誤ってはならない。だが、その表現は、そうした思いが社会的な現実に対する怒りに向かうのではなく、内省的な象徴主義を志向したところに、那珂の独自性が見られる。

たとえば、先に引用した「蠟燭」で言えば、戦争を背景とする時代の「いのちの燃焼」の象徴として、作者がその姿を見つめていることは言うまでもない。「湖」と題された作品では、それに「見ひらかれた瞳」や「底しれぬ沈黙」、「青銅の鏡」を、また、「蜘蛛」では、それに「なべてうつろふ美を黙殺する厭世家」や「あらゆる假象の不信者」、「自己嫌厭によつてのみ自己を保持する思索家」を、象徴的に投影していることは明らかだ。ここに、ヴァレリーなどを通して日本に入ってきた象徴主義の一つの表れを見ることは間違いではない。それと同時に、その抒情的な歌いぶりに、戦前の「四季」派の影響、特に立原道造などのそれを指摘することも可能だろう。

こうした作品を見れば、那珂太郎は、「荒地」派などに見られる、戦後詩特有の戦争体験を基にしたモラリスティックで文明批評的な詩法とは異質の地点から詩壇に登場してきたことがはっきりと見えてくる。戦後詩人の多くは、現代文明の荒廃と想像力の衰退とを鋭く感じ取った結果、社会的現実に対する批判へと向かったのだが、彼の場合は、ただ単に現実を懐疑的に見るのではなく、その懐疑の視線は己の存在の根源的基盤にまで及び、ついに虚無の海に呑み込まれて己の存在自体定かなものとは感じ取れない——そうした寄る辺なさを感じさせる。それだけ那珂の方が、絶望の度合いが深かったのかもしれない。

那珂太郎は、こうした彼固有の「虚無」をすでに出発時点で決定的に持っていたことを、まずは確認しておかなくてはならない。先ほども述べたように、この「虚無」が彼固有の資質や環境に負う部分が大きいのか、あるいはこの世代が担わざるをえなかった時代状況の影響の方が強いのか、にわかに判断する材料は簡単に見つかるはずもないのだが、おそらく、両者の要素が複雑に絡み合って形成されたことは間違いあるまい。いずれにせよ、那珂固有のこうした虚無が、『ETUDES』の時期には、自己の内面に映る物象の世界にいささか甘美に投影されて、それを象徴を通して抒情的にうたうという特徴が見られることだけは、指摘しておくべきだろう。

2　詩法の探求――『黒い水母』

未刊詩集『黒い水母』は、『定本 那珂太郎詩集』（一九七八年）刊行の際、『戦後詩人全集第一巻』（一九五四年）に収められた十二篇をⅠ部、『現代詩全集第四巻』（一九五九年）に収められた十二篇をⅡ部として新たにまとめられた。Ⅰ部に収められた作品の時期になると、『ETUDES』と異なり、自己のうちなる物象の世界から離れ、外界に存在する社会的現実に向けてその虚無の視線が投射されるようになったことに気づかざるをえない。ここにおいて、戦後的現実が那珂の目に大きく映り出したことが、はっきりと見てとることができる。内的な物象から外的な事象へという違いを超えて、美学そのものにおいて、肌触りそのものにおいて、歌われる内容は『ETUDES』の時期といかに異なっているのことだろう。その意味では、那珂太郎の戦後は『黒い水母』の時期から真に始まったと言いうる。

黒い記憶の瘡蓋の剝落した
ひきつれた都會の膚を
ずばりと截斷するギロチンの河
夥しくそこに押し流されてゆく
燦く眼

眼　眼

プリズム光線のなか
文明の臓物は瓦礫のやうに散亂し
露出した肋骨
椎骨
大腿骨
に錆びた電線のやうに神經纖維が
絡みついてゐる

（「風景Ⅱ」前半部）

「一九四五年夏」という副題からも明らかなように、この作品には、いかにも戦後の荒廃を連想させるグロテスクなイメージが連続する。内面に映る生々しい影だからこそ、その影の存在感に深く囚われてしまう詩人の精神風景が見えるようだ。どこか那珂の敬愛する萩原朔太郎の詩篇と共通する質感も感じられる。同じように「虚無」を歌った風景であるとしても、ここには『ETUDES』

の時期と異なり生々しいほど戦後という時代の現実感が見て取れる。しかしながら、これを、彼と同世代で当然同じような体験をした「荒地」の詩人たちの作品と比べてみるとき、那珂の詩人としての特質が見えてこないだろうか。

思い切って単純化して言うと、「荒地」の詩人たちが、自らが拠って立つ批評的定点から戦後の現実を撃つという傾向が強いのに対して、那珂にははじめから、拠って立つ批評的定点が存在していない。言ってみれば、拠って立つもののない目に映る虚無の影を、社会的な事象を通して見つめているのだ。田村隆一「帰途」のような例外的な作品があるにせよ、「荒地」の詩人の多くが、ことばそのものへの懐疑にまでは至らなかったのに対して、那珂太郎は、人間存在そのものへの懐疑からさらに進んで、その根底にあることばへの懐疑を決定的に持ってしまった。

それは、ことばが現実にあるものを指示したとしても、それが決して現実にあるそのものではないことを、那珂が痛いほど自覚していたためであろう。その結果、ことばの意味性によって現代文明の荒廃を衝く「荒地」的詩法を取ることができなかった。しかしながら、この時期の彼の探求は、まだことばそのものへとは向かっていない。

『黒い水母』のI部に収録された諸篇では、たとえば表題作となった「黒い水母」にしても「へんなプラカアド」にしても、一見、戦後に固有な社会的事象を前面に押し出しているように見えながら、実は、詩人の内面に巣食う虚無に照応しあう風景をそこに見出しているにすぎない。それを、社会的事象の奥にひそむ虚無の影を見つめることと言い変えても同じことだろう。こうした、社会的事象と虚無とが結びついた詩的世界は、むろん、戦後の社会的状況に強いられて出現したものでもあることは否定できないであろうが、それ以上に、ここに表現された根源的なものの姿は、那珂の存在の根底深くにすでにして棲息していたものの反映と考えた方が得心できる。

Ⅱ部に収められた作品になると、Ⅰ部とははっきりと様相が異なってくる。ただし、この時期の特徴を要約するのは難しい。Ⅰ部以上に多様な作品の集合体だからである。この時期の彼が、詩法的に様々な試みをしていることは誰の目にも明らかだが、それらの共通項を考えると、社会的な事象に代わって、ことばという存在そのものに対する探究がより深くなってきたことが指摘できる。つまり、戦後的な現実のなかに虚無を投影する方向ではなく、ことばそのもののなかにポエジーを発見する方向へと進んでいくのである。

すべての倫理のなかを
鳶色の憂愁がながれる
すべての論理のなかを

水色の哀愁がながれる
しかし生理のなかをながれるのは
オレンジ色の郷愁ではない
（「Décalcomanie I」冒頭部）

「倫理」「論理」「生理」、「憂愁」「哀愁」「郷愁」と語尾で韻を踏む、ことばあそびめいた詩句の単純明快な構成がはっきりと目につく代りに、I部に収められた詩篇に見られた社会的な事象はすっかり影を潜めている。これは、「Décalcomanie II」の、「詩は　大理石にちらばる針のきらめき／眼は　その光を収斂する磁石／／死は　樹の中を昇りゆく透明な樹液／芽は　それに養はれて外界を刺す棘」という、「詩」と「死」、「眼」と「芽」の同音異義語が反復する構成にもそのまま指摘できる。ここにおいて那珂は、音韻を基とする言語実験的な詩法を試みている。正直に言って、この段階では、それがいまだ十全に成功しているとは言い難いが、それ以前にはなかった試みであることは間違いない。

Ⅱ部に収められた作品は、音韻的な見地から試みられているものは、それほど多くは見当たらないが、エロティックでグロテスクな「戀の主題による三つのデッサン」、ことばと存在との関係をユーモラスに考察した「秋の散歩」、語りのスタイルで展開される散文詩の「靄」「糞石」「本になる」など、非常に多様性に満ちた、しかもその多くが実験的な作品の集まりだと言わなければならない。というより、むしろ、Ⅱ部の諸篇は、戦後詩の流れのなかで、独自性を発揮するために様々な詩法的な模索を繰り返していた過渡期の作品群と言うべきだろう。しかも、そうした試みのうちに、次第にことばそのものへの探求の比重が大きくなっていくことは確実に見てとれる。

それらの試みは、『音樂』の諸篇へと次第に収斂していく。『現代詩全集第四巻』に収められた作品のうち「透明な鳥籠」「或る畫に寄せて」の二篇は、『音樂』が編まれるときにそのまま再録されたことが、その証拠として挙げられよう。結局、『黒い水母』の時期の那珂は、独自の詩法を求めて、様々な探求を試みながら、少しずつ彼本来の資質を掘り当てていく過程にあったように見える。そしてその終盤において、ついにことばそのものの内部へ沈潜するという彼独自の詩法に辿り着くことになったのである。『黒い水母』の時期の(特にⅡ部の時期の)こうした詩法の模索こそが、後の『音樂』の諸篇を必然的に導き出してきたことは、疑いようがない。

3　「虚無」の形象化——『音樂』

那珂の内部深くに巣食っていた虚無は、特に『黒い水母』のⅡ部に収められた過渡的作品を経て、ついに『音樂』（一九六五年）において最初のピークを迎える。つまり、「すべての存在の根柢に虚無はひそむ」という認識のもとに、内省的な物象の奥にひそむ虚無を『ETUDES』でうたい、社会的事象の奥にひそむ虚無を『黒い水母』で描いた彼は、『音樂』において、詩を構成する要素そのものである「ことば」の根底にある虚無に到達しようとする無謀とも言える試みに着手する。物象そのものの奥にひそむ虚無や、社会的事象の背後に存在する虚無をうたった詩は、それほど珍しいものではない。しかし、ことばそのもののうちにひそむ虚無を素手で捉えようとした詩人が、那珂以前にいただろうか。

その意味において、那珂太郎の詩業が真の意味で始まるのは、『音樂』以降であるとすることに大方の異論はないであろう。むろん、だからといって、それ以前の彼が凡庸な詩人だったわけでも、『音樂』が突然変異的な詩集だったわけでもない。前の節でも見たように、『音樂』の詩的世界は、二十年にもわたる長い周到な準備期間を経て一挙に花開いたものであって、その達成の見事さが、それ以前の作品を結果として色あせて見せてしまうのである。

燃えるみどりのみだれるうねりの
みなみの雲の藻の髪のかなしみの
梨の實のなみだの嵐の秋のあさの
にほふ肌のはるかなハアプの痛み
の耳かざりのきらめきの水の波紋
の花びらのかさなりの遠い王朝の
夢のゆらぎの憂愁の青ざめる螢火
のうつす觀念の唐草模様の錦蛇の
とぐろのとどろきのおどろきの黒
のくちびるの蒼みの罪の冷たさの
さびしさのさざなみのなぎさの蛹

（「作品A」）

これを読んだだけでも、それ以前の日本の詩に全く見られなかった那珂太郎の詩法の独自性が明らかとなろう。音韻を明らかにするために「ひらがな」書きにして説明してみると、一行目の「もえるみどりのみだれるうねりの」のマ行音の頭韻は見やすいこととして、各語尾を見てみるとみごとにラ行音の戯れを響かせている。二行目も、マ行音を受けて「みなみ」で始まり、「くも」「も」と変奏され、さりげなく置かれた「くも」のカ行音が「かみのかなしみ」で炸裂する。そしてこの「かなしみ」は「みなみ」の反響を奏でる一方で、次の行の「なしのみ」を秘かに支配している……。

際限がないので音韻の解析は以上で止めておくが、まさに一つのことばが、「の」という助詞の広汎で不思議な効用によって次々と脈絡を生み出し、ことばとことばが音韻上の緊密な結びつきにより曼荼羅のように連綿と繋がりあって、妙なる音楽を奏でていることに誰しもが気づかざるをえまい。しかもそれは、一部の現代詩によく見られる語呂合わせ的な発想から無理に結びつけられたものではなく、ことば自体が自律的に他のことばを呼びよせる日本語の深い生理そのものの中から自然発生的に生まれ出た音楽なのだ。

ここで那珂が採用した方法は、ことばの最古層にあるものへのアプローチによるものであった。それは、ことばの根源に遡ろうとする行為であるがゆえに、意味よりも音素そのものへと向かわざるをえない。なぜなら、ことばがことばとして立ち上がってくる瞬間に発せられるのは、「意味」ではなくて、「音素」そのものだからである。ことばの意味というものは、言ってみれば、その最も表層に位置する要素であって、ことばが社会的な存在となるために最後にまとう衣裳のようなものなのだ。したがって、『音樂』における那珂太郎は、ことばの表層にある意味性だけに頼る詩——すなわち既成の概念の中だけで充足している詩を否定せざるをえなかった。

詩集『音樂』では、全篇を通して頭韻や母音律によることばの自律的な展開によって、めざましい音楽性が達成されていることはすでに述べた。しかし、それと同時に、一つのイメージが次のイメージを引き出し、それが次々と連続的に変容していってイメージの生命的な連鎖を生み出す、那珂太郎独自の映像性の鮮烈さにも注目しなければならない。

たとえば、「作品A」で説明をすると、一行目はまだ漠然と何かが動き出す気配しか感じさせないものの、二行目の「藻の髪のかなしみ」が、次の行の「梨の實のなみだ」「嵐の秋のあさ」から「にほふ肌」「ハアプの痛み」「耳かざりのきらめき」へと憂愁に満ちた優雅な女性のイメージを髣髴とさせながら転調していくさまは、アクロバティックなほど新鮮で、万華鏡を思わせるほど美しい。さらに、そのイメージの連鎖は、「遠い王朝」「青ざめる螢火」「唐草模様の錦蛇」「くちびるの蒼み」「罪の冷たさ」と華麗で意想外な展開を見せながら、最終行で「なぎさ」に打ち捨てられた「蛹」のイメージへと静かに収斂していく。しかも、「さびしさのさざなみのなぎさのさなぎ」と清冽でさびしげな「サ」の効果音を心にくいほど伴いながら……。

「作品A」「作品B」「作品C」といった諸篇が、『音樂』の詩法を支える原理的な作品だとするならば、「繭」は、いわばその応用篇として音楽性と映像性が精妙複雑かつ有機的に結びついて、それ自体生きてうごめく自律的な言語宇宙を形成しえた傑作と言えよう。ここでは、ことばそのものをモチーフとして、音韻、イメージ、意味にとどまらず、さらに、字面、色艶、味といった、ことばの持つ属性のすべてが多層的に関連しあって作品が成立している。ここはぜひ全篇を引用しよう。

むらさきの脳髄の
瑪瑙のうつくしい斷面はなく
ゆらゆらゆれる
ゆめの繭　憂愁の繭
けむりの絲のゆらめくもつれの
ももももももももも
裳も藻も腿も桃も
もがきからみもぎれよぢれ
とけゆく透明の
鴇《とき》いろのとき
よあけの羊水
にひたされた不定型のいのち
のくらい襞にびつしり
ひかる〈無〉の卵

がエロチックに蠢めく
ぎらら
ぐび
る
ぴりれ
鱗粉の銀の砂のながれの
泥のまどろみの
死に刺繍された思念のさなぎの
ただよふ
レモンのにほひ臓物のにほひ
とつぜん噴出する
トパアズの　鴇いろの
みどりの　むらさきの
とほい時の都市の塔の
裂かれた空のさけび
うまれるまへにうしなはれる

みえない未來の記憶の
血の花火の

「繭」ということばから、音韻的には「ま」行音や「ゆ」の音が多く導き出され、やわらかな音の戯れを奏でてゆく一方で、映像面では「脳髄」や「瑪瑙」から「絲」のイメージへと連想が展開してゆくことにより、複合的で精妙なことばの織物が形成される。そこへ、「もももももももも」という驚嘆すべき一行が現われ、それが漢字に変換されることで、女体を連想させるエロティックなイメージへと一挙に変容する。そして、「ぎらら／ぐび／る／ぴりれ」という奇想天外なオノマトペが続く。

このオノマトペを転換点として、後半では、この音韻とイメージとの精妙な構造体のなかから、詩人の内面世界に潜む「うまれるまへにうしなはれる／みえない未來の記憶の」虚無の伽藍が浮かび上がってくる。これは作者が、語呂合わせ的にことばを弄んでいるのではなく、自己を放下し、ただひたすらことばの生命的な動きにつき従った結果、必然的にその内的秩序が表れ出たものであろう。

『音樂』の諸篇は、このような有機的なことばの自律的な運動やイメージの鮮烈な連鎖を強く感じさせながらも、換言すれば〈音楽性〉と〈映像性〉を両輪としてみごとなことばの伽藍を構築していながらも、その読後感は不思議な静謐さに充ちている。たとえてみれば、漆黒の夜空に次々と打ち上げられた花火を見終わった後のような浄福感と虚無感とを味わわせる。それ自体生きて動くことばの生命現象を眼前にまざまざと幻出させた後だけに、この虚無感の黒々とした闇の底知れぬ深さがよけいに印象に残る。

ただし、誤解のないように言っておくと、『音樂』の諸篇は「虚無」を主題として書かれたものではない。那珂太郎は、「虚無」の表出というレベルにとどまらず、「虚無」そのものの形象化を志向したのである。それが、すなわち、自己の存在を規定する根源的存在であることばそのものへと沈潜していくことであった。これによって那珂は、ある意味で虚無を超克したと言ってよい。彼の虚無が消え去ったわけではない。また消え去るはずのものでもなかろう。そうではなくて、徒手空拳でことばの深淵にどこまでも沈潜し、自分自身を放下した果てに、深淵に咲くことばの花束を手にして帰還する。このことによって、那珂は、一瞬にしろ虚無の本質を垣間見たに違いない。

詩人とは、ことばに対する根源的な懐疑を鋭く意識しながらも、ことばなしには一日たりとも生きられぬことを痛切に認識するものの謂だ。言い尽くされていることだが、現代に詩人である限りは、この二律背反的な苦渋から遁れることはできない。それをどうやって超克する（あるいは超克できないことを示す）かは、その詩人固有の、しかも厳密に言えば作品ごとの課題であるが、那珂太郎の場合は、人間存在の基底にあることばそのものへと沈潜したところにその根拠がある。

それはまた、たえず生まれ出ようとすることばを、その生成流動する空間ごとそのまま生け捕りにしようとする行為とも繫がる。『音樂』の諸篇には、母音律の追求による音楽性の達成といった評言ばかりが冠せられるが、それ自体は決して間違いとは言えないものの、それは、意図したことというよりも、ことばの根源に遡りたい、その発生する現場を捉えたいという詩人の強い意識がもたらした結果であったのだ。

那珂にあって、時代によって傷つけられたことばに対する信頼回復は、狭義の「意味」にとどまらず、「音韻」「リズム」「イメージ」「字面」「色艶」までをも含みもつ総体的なものでなければならなかった。そのとき、那珂に力を与えたものこそ、連綿として生き続けてきた「古典」のことばであった。彼が愛読した藤原定家や正徹といった「古典」に沈潜することによって、ことばの根源的な生理や機能を汲み上げ、それを現代の芸術言語として鍛え直す「、これが那珂の意図したことであったろう。

『音樂』が、彼の詩法を決定づけた画期的な詩集というだけでなく、戦後詩の記念碑的一冊として今も独自の光輝を放ち続けるのは、虚無的な世界観の表出のレベルに作品をとどめず、自己放下の果てに、有機的生命体としてのことばの力によって「虚無」そのものの姿を形象化しえたことによる。那珂は、ことばの一義的な意味性に頼って自らの世界観を表出する傾向の強い時代相のなかで、ことばの有機的な生命が発生する現場に自らを深く沈潜させ、ほかならぬ「ことば」そのものの根底に潜む虚無に到達することで、内面の「虚無」の姿を生きてうごめく自律的な言語構造体として形象化するという、前人未到の行為を成し遂げたのである。

つまり、乱暴に言ってしまうと、『ETUDES』、『黒い水母』の時期の作品は、いまだ虚無的世界観の表出のレベルにとどまっていたのに対し（むろん、すでに述べたように、『黒い水母』のⅡ部に収められた作品では、『音樂』に繋がるような試みがなされてはいるのだが）、『音樂』の詩篇は、日常の価値観の中では離れたところに存在する意味やイメージを、ことばの最も根底にある「音素」を軸として、虚無の深淵における実相に基づいて繋ぎ合わせたからこそ、現実世界を超え出た深遠なポエジーが生まれたのである。『音樂』の詩法は、その後多くの追随者を産んだが、彼らと那珂との決定的な差異はここにこそある。

4　「言」から「事」へ――『はかた』

『音樂』は、那珂太郎の詩業全体を考える上で、どうしても押さえておかなければならない詩人の原点であり、しかも最初の到達点でもあった。したがって、この後は、詩人がこの原点をどう変奏させ、どう超克していくかの歴史となるはずである。もちろん、詩人によっては一つの詩法を求心的に深めていくタイプも存在するし、事実、彼自身も、『音樂』の詩法の延長線上のさらなる探求をその後の作品の一部で見せてもいる。しかし、『音樂』はそれ自体で自らの詩法を究め尽くした詩集であり、その後の作品の個々の魅力は別としても、詩法的には『音樂』の応用問題の域を出ない。そこで、詩人に新しい試みが課せられる。

『音樂』からちょうど十年を経て出版された『はかた』（一九七五年）は、那珂太郎の新しい局面を見せて読者を驚かせた。ただし、Ⅰ部に収められた十二篇は、基本的に言って『音樂』の詩法の延長線上の、あるいはその変奏的作品であると言ってよい。巻頭の作品を見てみよう。

あをあをあをあおおおわぁ　おわぁ　あを
ねこの麝香のねあんのねむりのねばねばの
ねばい粘液のねり色の練絹のしなふ姿態の
ぬめりのぬばたまの闇の舌のしびれの蛭の
祕樂《ひげう》の瞳のきらめきのくるめきのくれなゐ
の息づくいそぎんちやくの玉の緒の苧環《をだまき》の
怖れの奥津城の月あかりの尾花のうねりの
無明のゆらめきの青のうめきのなまめきの

あをあをおわぁ　あわわわわあを　おわぁ
（「青猫」全篇）

これは、萩原朔太郎の詩集『青猫』を踏まえた作品であることは言うまでもないだろう。盛りのついた猫の鳴き声を最初と最後の行に置き、なんとも気だるいような、エロティックでグロテスクな独特の世界が、ことばだけで造型されていることにまず驚かされる。二行目の「ねこの麝香のねあんのねむりのねばねばの」以降は、『音樂』での頭韻を踏む詩法がふんだんに使われている（因みに「ねあん」は、フランス語の「néant」で「虚無」を意味する）が、それと同時に、なんとも粘着質の肌にまとわりついてくるような夜の闇の艶めかしさがみごとに表現されている。このことば自体の圧倒的な存在感の重さを、なんと形容したらよいのだろう。まさに、アメーバのように生きて蠢くことばの生命体の生々しさが感じ取れるはずだ。

　こうした作品は、その音楽性をより精妙に、より自由に、より多彩に変奏している。むしろ、変奏を存分に楽しむ詩人の様子さえ行間から感じ取れるほどだ。しかし、『音樂』の詩法の完成度が高いだけに、容易に想像されるとおり、同じような詩法の追及は同じようなパターンの作品に陥りやすい。これらの作品はそれをみごとに回避しているとはいえ、同時に、読者にどこか既視感を与えるのも事実である。Ⅰ部に収められた作品を見る限り、『音樂』の詩法の変奏であることは否めないであろう。
ところが、Ⅱ部に収められた四章二百行からなる長篇詩「はかた」は、『音樂』的要素を濃密にたたえた章がありながらも、以前の那珂の作品には見られなかった叙事詩的要素がはっきりと露呈している。

なみ
　なみなみ
　　なみなみなみなみなみ
くらい波くるほしい波くづほれる波
もりあがる波みもだえる波もえつきる波
われて
くだけて
さけて
ちる
なだれうつ波の　なみだのつぶの
なみなみあみだぶつ　ぶつぶつぶつぶつ

なびく莫告藻《なのりそ》の　つぶだつ記憶のつぶやきの
泡ときえぬ
沖つ潮あひにうかびいづる
鐘のみさきのゆふぐれのこゑ

（「はかた」Ⅰ冒頭部）

引用から明らかなように、「なみ」という音韻を重ねる書き出しから始まって、様々な波を想起し、さらに波の運動性を示唆したうえで、「なみだ」「なみあみだぶつ」を引き出してくる詩法は、『音樂』的詩法そのものと言ってよい。ただし、「はかた自注」に明らかなように、「われて／くだけて／さけて／ちる」は源実朝の、「泡ときえぬ／沖つ潮あひにうかびいづる／鐘のみさきのゆふぐれのこゑ」は正徹の和歌を引用したものである。そのほかにも、Ⅰ部には、『源氏物語』、芭蕉、『萬葉集』など、多くの古典文学からの引用がある。このようにⅠ部は、単なる『音樂』的詩法の反復にとどまらず、多くの古典文学と密かに呼び交わす重層的な作品構造を示している。

さらに、「どんたく囃子よ　昇《か》き山笠の掛け聲よ／豊太閤をまつる社《やしろ》のなのみの樹の　赤い實よ／奈良屋尋常小學校の　砂場のそばのふるい肋木」というように、固有名詞や地名を中心にして幼年時の記憶のうちにある「はかた」の町を浮かび上がらせるⅡ部や、「中洲の橋のたもとにたたず

み目をつむると　おい伊達得夫よ／あのブラジレイロの玲瓏たるまぼろしが浮んでくるぢやないか」と始まる、昭和十年代半ばの旧制高校時代と現代を重ね合わせることによって旧友、伊達得夫への鎮魂を歌うⅢ部になると、これまでの那珂の詩には見られなかった叙事詩的要素がはっきりと前面に押し出されてくる。

ここにおいて那珂は、『音樂』時代のひたすら自己の内部に巣食う「虚無」を見つめる姿勢を脱し、内部と外部世界を繋ぐ領域へと果敢にその歩を進めたのである。そして、その領域にひそむものこそ、自らが生まれ育った町であると同時に空襲によって灰燼と化したがために、自らの内面にだけ存在する記憶の町となってしまった「はかた」であり、そこでともに青少年時代を過ごした亡き友であった。叙事詩的語りを、『音樂』的詩法ではさむ交響楽的形式の「はかた」は、内部世界であると同時に外部世界でもあるこの領域をみごとに造型しうる詩法と言えるだろう。

次に引用するのは、『音樂』的詩法の極致を実現してみせたコーダ部分である。

ししししし　しぐれる志賀《しか》の島のしめやかなしら砂よ
落日の亂雲よ　らむね色のらんぷの光輪よ
ぬえくさの濡衣塚のぬれる千の燈明
彼岸のひかる干潟の萬のひとみ

月の露　堤の土筆　鶴の子のまるみ
櫛田のやしろのぎなんの木の朽ちゆく黒
しししししし　精靈流しのしののめの死の舌よ
……
……
しらぬひ筑紫　雫干ぬらし

（「はかた」Ⅳ前半部）

もはや説明の必要はないと思うが、各行でたとえば「しぐれるしかのしまのしめやかなしらすなよ」という具合に頭韻を踏んでいて、各行の頭韻だけを拾っていくと、「しらぬひつくし」という「はかた」の古名になり、それを逆から読むことで「雫干ぬらし」が導き出されるさまは、鮮やかと言うほかはない（因みに「しらぬひ」は「筑紫」に掛る枕詞である）。Ⅳの後半になると、それぞれ「は」「か」「た」の頭韻を踏む五行ずつの連が続き、「たふれよ　竹むら／たふれよ　瀧つ瀬／絶えよ玉の緒……」で作品が終わる。このように特にⅣは、頭韻を中心とする『音樂』的詩法と博多という具体的な町を記述する叙事詩的要素が、詩的空間にみごとに融合した作品となっている。

自らが生まれ育ち空襲によって灰燼と帰した幻の町を、幼少時の記憶と土地にまつわる歴史の回想、本歌取り的な日本古典の引用とによって想像的言語空間のうちに再構築すると同時に、その土地でともに青少年時代を過ごした亡き友伊達得夫への鎮魂をあわせてうたう主題が、こうした『音樂』的詩法と叙事詩的詩法の混在・融合を要請したことはすでに述べたが、「はかた」は、この新しい試みの最初の到達点であるだけではなく、後の那珂の詩業を俯瞰してみるとき、その分水嶺となった作品であることは間違いない。

『音樂』から『はかた』へと転換していった理由について、詩人自身「この三十年」で次のように証言している。

> 私の方法的模索は、七〇年代半ばまで曲がりなりにも續いたと思ふが、同時に、音韻リズムを中心とした詩的模索に限界の壁を感知せざるを得なかつたことも確かである。一つの方法は、だうだうめぐりの自家中毒症狀を呈するとみえ、實質的には繰り返しにすぎぬ危險に曝された。自分の空觀にとつての不可避的方法の一局面、語呂合わせ的やり方が、少なからぬ人たちの技法に取り込まれ吸收されてゆくにつれ、通俗化し、もはや自分の書くことへの起動力となり得なくなつた、といふこともある。

この後さらに証言は、「はかた」は「外部世界、日常的經驗世界と接觸する敍事性によつて言語構造の蘇生をはからうとして」書かれたと続くのだが、いずれにせよ、これ以降の那珂太郎は、基本的に言って、虚無そのものを作品化する詩法から、意味性を含めたことばの総合的な機能によって叙事する方向へと少しずつ変化していく。いわば、「言」から「事」へと次第にその重心を移していくのである。

戦前のモダニズムや「四季」派への批判もあって、ことばの意味によって戦後の現実を撃つという、一時期詩壇を席捲したいわゆる「荒地」的な詩法に対して、ことばに対する根底的な懐疑を持ってしまった那珂は、そのことばに対する不信から、ひたすらことばの内部世界のみに存する音韻やイメージを強調したのだが、『音樂』の諸篇を書くことによってことばへの懐疑を超克した後は、当然その属性の大きい部分である「意味」をも含めた総合的な機能・生理を備えたことばへと自然に移行していった。外界の事物を指示する機能を持つ「意味」が、作品に外部世界を招来するのも、また必然であったろう。

5　漢語脈への接近――『空我山房日乗其他』と『幽明過客抄』

『はかた』でその詩業の分水嶺を迎えた那珂太郎は、その十年後に『空我山房日乗其他』（一九八五年）を刊行する。Ⅰ部に収められた作品は、『音樂』的詩法を色濃く投影した「逝く夏」「飛び翔る影」「momonochrome」「ゆもれすく」といった作品を中心に、正徹の一首を各行の頭に置く「遠戀」、蕪村や芭蕉などの詩句を折り込んだ「しぐれ考」、トーマス・マンの作品をモチーフとする「ロマネスク」、遠い過去を想起する「古い池のほとりの古風な十四行」「春の鳩」など、変化に富んだ作品が集められている。作者はこれを、「漢語を含みながらいはば和語脈を主とした詩的文體の試み」（「附記」）とまとめている。Ⅱ部の「方圓戯四」は囲碁をモチーフとするユーモアにあふれた傑作、「exercise」は「カナ文字論者・ロオマ字論者」を挑発する快作で、「概ね語を主とした試み」（同上）と要約されている。

Ⅲ部の「空我山房日乗」連作になると、詩人のスタイルはさらに急激な変貌を遂げる。『音樂』や『はかた』に見られたやわらかな和語脈から、作者によって「和語脈化されつつも漢語を多用した文語文體の試み」（同上）と要約される、新たな詩法へと大きな転換を見せるのである。

同年水無月某日
酉ノ刻、方丈ノ庵室ニ獨リ肱ヲ曲ゲテマドロム
遠クイヅクヨリトモナク僧ラノ讀誦ノ聲響キ來ルニ
目ヲ上グレバ小暗キ處ニワガ同期ノ海軍豫備學生ノ幾タリカ坐シテアリ

ソハ戰時下ノ土浦航空隊第十四分隊ノ温習室ナルガ如シ
如何ナレバワレ戰《イクサ》ニ死セシ
正面ノ白布ニ蔽ハレシ柩ノ中ニ横ハルハ、ワレ自ラニ他ナラズト知ル
サラバ、コレヲ見ル我ハソモ何者ナラン
ト訝ルニ目覺メタリ

（「白雨夢幻」前半部）

ここに響く「讀誦ノ聲」は、死者たちの声でなくて何であろう。しかも、作者自身、心の領域ではすでに冥界に囚われている。いやむしろ、自分から冥界に入り込んでいる。そして、その地点から自己自身をも他者として見ている。これは、間違いなく冥界からの視線である。その際、よけいな感傷を排除するためにこそ、漢語脈が採用されたのではないだろうか。表意文字である漢字は、ひらがなと比べて、公的なものや思考を表現するのに適していて、私的なものや感情表現には向かない。まさに、「言」から「事」へと向かう那珂にとって、漢語脈は必然的に選択されたスタイルであった。余分な抒情性を避けて、事実のみで語りうる世界をほかならぬ言語のうちに屹立させるためには、漢語脈こそが最適と判断されたのである。

これは、三好豊一郎との囲碁の際のやり取りをユーモラスに描いた「烏鷺争局」や太宰治との思

い出を回想する「池畔遠望」、愛犬との散歩のさまを描出する「歳晩散策」といった他の作品にも当然言える。何気ない日常のありふれた出来事を描いた「日乗」(日記)であっても、漢語脈で書かれていることによって、感傷性は排され事実のみがくっきりと表現されて、現実世界との距離が生まれてくる。漢語脈という現代口語と距離がある表現であるからこそ、そこに固有の心理的な距離が生じ、その距離が作品世界を自立させるのに役立つ。そして、事実のみに語らせるその詩法によって、不思議なことに詩人の個を超えた普遍的な意識が、ことばの姿を取ってくっきりと浮かび上がってくる。

和語脈から漢語脈への、この急激なスタイルの変化は、那珂が敬愛してやまぬ萩原朔太郎の『青猫』から『氷島』への大胆な変貌を想起させるのだが、『氷島』が、心の奥底から迸り出るような悲憤慷慨調なのに対して、「空我山房日乗」連作は、「日乗」の体裁をとって夢と現実とを(あるいは過去と現在とを)行き来しながら、次第に死の影に深く縁どられていく詩人の意識を表現していることもあって、つぶやきにも似た沈静化された文体となっているところが異なる。いずれにせよ、この詩集で那珂が漢語脈を採用した背景には、失われようとしていることばの形に強い危機意識を抱き、それへの悲痛な鎮魂をうたうという意味もあったに違いない。

続いて刊行された『幽明過客抄』(一九九〇年)は、Ⅰ部に、西脇順三郎、鮎川信夫、島尾敏雄、草野心平ら、長い期間親交のあった人々の死に触れてその思いが必然的に流れ出して書かれた趣の、いわば「レクイエム」というべき作品を集める。Ⅱ部の諸篇は、トーマス・マン、チェーホフ、ヤコブセンといった、若い頃から積年慣れ親しんできた作家たちの作品や、ルキノ・ヴィスコンティ、アンドレイ・タルコフスキーの映画に触発されて書かれた作品を収録している。このⅡ部の諸篇は、『空我山房日乘其他』のⅠ部に収められた「ロマネスク」の延長線上に書かれた作品と見ることもできるだろう。

Ⅲ部に収められた「皇帝」は、「はかた」以来の約二百行の長篇詩で、秦の始皇帝陵で発見された兵馬俑を見た経験を契機として生まれた。

西安の東郊約三十五公里
黄沙のなかから
むくむくと身をもたげた奇怪な軍團、を見た
先鋒一列六十八名、三列横隊二百有四名
背に矢箙《えびら》を負ひ、手に弓弩《きゆうど》を持つ
そのうしろ隔墻の間
四《し》列縱隊に整然と竝ぶ兵士の群

軽装の軍袍を着る青灰の兵士
堅固な鎧《がい》甲を装ふ褐灰の兵士
年少の兵、中年の兵、老齢の兵

（「皇帝」１冒頭部）

この作品で那珂は、「空我山房日乗」連作で試みた漢語脈をより平易に口語の方向へと開いた文体によって、秦の始皇帝の運命とその生きた時代の意味を問いかけている。

那珂がこうした文体を採用した背景としては、「空我山房日乗」連作で試みた漢語脈では、現代の読者――とりわけ若い読者――の共感が得られにくいという実感を持ったからだと推測される。漢語脈が現代において死滅したとまでは言わないが、その命脈が瀕死の状態にある以上、それに固執するのではなく、そうした漢語脈を生かしつつ現代日本語として蘇生させうるスタイルの試みこそが必要であると、考えた結果であろう。そしてそれは、十分に成功している。「矢箙」「隔墻」「軍袍」などといった語彙としては見慣れないものが多くありながら、その漢語を中心とする簡素な、何の飾りもない簡潔な文体によってきびきびとしたリズムが生み出され、これから大きなドラマが始まる緊迫感がひしひしと伝わってくる。

「皇帝」全体の構成を見てみると、１部は、「プロローグ」の役割を果たし、始皇帝陵から発掘された兵馬俑について作者の視点から客観的・叙事的に記述され、2部は、始皇帝の生涯についてその兵馬軍団の視点からの、いわば「コロス」的なスタイルの語りとなっている。3部は、始皇帝自身の己の「生」についての独白である。4部は、再び作者の視点に戻り、次第に客観的な叙事へと収斂してゆく。次に引用するのは、3部の中ほどの始皇帝の独白部分。

彼がおれの實の父だつたとすれば
おれは間接ながら自身の父を殺したことになるのだが——
しかしおれは悔いぬ、この世の何が悪であり
何が善であるのか、おれは世の所謂善悪理非をすべて信じない
この世に絶對的な眞はない、絶對的な善はない
とすれば、何事をもまた悪とすることはできぬ
善となせば卽ち善、悪と斷ずれば卽ち悪
善悪を決するのは力あるのみ
だからおれは力そのもの、絶對的な權力者　でなければならないのだ

まるで二千二百年以上前の始皇帝の声が蘇ってくるかのようではないか。いや、始皇帝にとどま

らない、人間の持つ欲望をこの上もなく簡潔な表現でみごとに描き切ることで、根源的・普遍的な人間の声が荘重に語り出してくるようでさえある。こうした詩法によって、那珂の詩の時空は、多層的な声を響かせながら、ついにははるか昔の中国と往還する一方で、現世での私たちの「生」の意味を静かに問いかけてくる。ここにおいて、「はかた」で胚胎した叙事詩的な系譜がついに、これほどの歴史的・巨視的な視点をもちえたことに感動を禁じ得ない。これは、今までの日本の現代詩に現れたことのない、まことに壮大なスケールで「生」の本質を描き切った、時代を画する叙事詩と言うべきであろう。

6　「怒り」を秘めたレクイエム――『鎮魂歌』

『鎮魂歌』（一九九五年）は、長篇詩二篇で短詩五篇を挟み込むという構造を持つ。冒頭に置かれた「水の反映または板場卯兵衛さんの一日」は、かつての同人誌「こをろ」時代の文学仲間であった人物の日常を、その残された著書『水の反映』の記述によりながら淡々と映し出したペーソスあふれるレクイエムである。「夢・記憶」は、明らかに『音樂』の余韻を響かせる書き出しで始まり、後半は散文形式で作者十五歳の折の虫垂炎の手術とその担当医のことを語る。作者のこれまでのすべての詩法を六篇の三行詩の中に凝縮したかのような「七月」、十二カ月それぞれの季節感を象徴するオノマトペをモチーフとした「音の歳時記」、『幽明過客抄』I部との強い類縁性を感じさせる、北村太郎や佐々木基一の死に触発された「日日」「行く人」と、多彩な作品群がそれに続く。なかでも、一番興味を引く短詩が、「夢・記憶」であろう。

ゆら　ゆら　ゆりはゆれ
ゆらぐゆめ　の
ゆふぐれの　にほふ百合の
しろいゆびが　ひんやりと
鮎　のやう　きみの
はらのうへを　およぐ　およぐ

（「夢・記憶」前半部）

明らかに『音樂』の詩法を継承した、「ゆ」の頭韻を踏むゆったりとしたスタイルの書き出しで一連が始まり、「――きみのみる夢は　とほい記憶の残響　か」という少年時代の自身への問いかけを機に作品は急展開し、後半では、散文形式で作者十五歳の折の虫垂炎の手術とその担当医のことが語られる。もちろん、先に何度も指摘したように、『音樂』的詩法は、多少の曲折はあれ『はかた』以降の詩集のなかにも、引き続いて魅力的な作品群を形成しているのだが、この作品は、そうした詩法と叙事詩的詩法との併存という点において、きわめて興味深い試みと言えるだろう。

だが、この作品の重要性はそれだけに終わらない。さらに注目すべきは、これが序奏となって集中の力作「鎮魂歌」を呼びこむ、その構成の妙である。「夢・記憶」では未だ名を明かされなかった担当医が、「鎮魂歌」では鳥巣太郎という実名で登場し、主人公の位置に置かれる。まず、一連で新聞の死亡記事が引用され、二連はいきなり「鳥巣さん、私の脳裏にははつきり浮かぶ、若かつた日のあなたの顔が」という作者からの呼びかけで始まる。以後、基本的にこの呼びかけのスタイルは変わらない。

昭和十六年二月、召集令状を受けあなたは見習士官として入隊、
　同年十二月八日、太平洋戦争が始まる。
昭和十九年五月、久留米陸軍病院の軍医から召集解除になり、
九大医学部助教授として第一外科石山福二郎教授のもとで勤務
　することになる。
そして終戦間近の翌二十年、あの忌むべき事件に、

自分の意志を超えた外的な――運命的といってもいい――力で、
有無を言はさず引きずり込まれたのだ。

（「鎮魂歌」二連部分）

こうした、可能なかぎり淡々とした事実の記述のなかから、遠藤周作の『海と毒薬』でも有名となった、あの「九州大学生体解剖事件」の一当事者の姿がくっきりと浮き彫りにされてくる。叙述のスタイルは一貫して、むしろ詩的言語であることを自ら放棄してしまったかのような、事実のみに語らせる決意に満ちた、感傷を排したきわめて即物的なものに終始しているのだが、むろん、客観的事実の単なる羅列のなかに詩が生まれてくるのではない。事実のうちの最も多くを語りうる要素を選択する批評的視線の確かさと、決して声高になることのない、しかもきわめて緊迫度の高いその叙述のスタイルによって、静謐で、強靭なポエジーが静かに滲み出てくるのだ。

この取捨選択の際の、詩人の目配りの広さと精妙さには舌を巻くしかない。たとえば、さりげなく触れられる大岡昇平の『ながい旅』、そこに生涯を書きとどめられた岡田資陸軍中将、その長男陽氏と詩人自身との関わり。また、石垣島での米軍捕獲搭乗員処刑事件に連座した田口泰正少尉、その海軍予備学生当時の同期だった田村隆一や北村太郎。そうした、どちらかというと傍系のエピソードの具体性によって、ふしぎな人間関係のゆるやかな円環が実感され、この構図によって作品にポエジーの精気が吹きこまれ、色彩も立体感も出現してくる。

かつての巣鴨プリズンの辺りには、いまサンシャイン60と呼ばれる六十階建の高層ビルが聳えてゐます。
見上げれば眩《めくら》むばかり、威圧する巨大な怪物にも似て、
戦後日本の経済成長の、さながら化身です。
その隣につくられた公園には、人工の滝が絶間なく緩やかに水を流してゐます。
その公園の奥まつた隅の、灌木の植込の前に、
重さ六トンの黒御影石の碑が据ゑられてゐて、
ここがA級戦犯七人のほか、ＢＣ級五十二人の絞首刑が執行された
処刑台の跡だと、公園事務所の人が教へてくれました。

（「鎮魂歌」最終連前半部）

ここにおいて、時代に翻弄された一市民の姿を通して、戦前から戦後数十年にも亘る時の流れ

——それはまた那珂の人生の大半を占める「昭和」という時代でもある——が、一挙に摑み取られている。『音樂』の詩人をして、この激動期の大きな時の流れをその詩的射程のうちに収めるためには、戦後五十年という歳月の積み重ねを要したのである。

那珂は、『音樂』での試みにおいて総合的なことばそのものへの信頼を回復したからこそ、そのことばの根源的な機能のすべてを駆使して、この数十年にも亘る時の流れを一挙に摑み取り、その結果として、現代という時代を激しく問いかけることができた。換言すれば、「はかた」に始まった叙事詩の流れは、「皇帝」を経て、ついに「鎮魂歌」で那珂の人生そのものを含みこんだ時代の姿をとらえることに成功したのである。その一見非詩的言語から、静謐なるがゆえに激しい怒りを秘めたレクイエムが、一人一人の読者の胸のうちに鳴り響くさまは比類がない。

そして、こうした作品に底流しているのは、諦観ではなく、むしろ、静かなるがゆえに激しいその「怒り」である。「鎮魂歌」が、一見穏やかな外観にも似ず、読者の胸をずしりと重い感動で打ってやまないのは、この本質的な「怒り」のためにほかならない。『音樂』の詩人が、必ずしも適切な例とは言えないかもしれないが、後年に至ってたとえば、堀口大學風の軽妙洒脱な作品ではなく（そういう要素のある作品が全くないとは言わないが）、「鎮魂歌」の作者となったのは、理不尽な時代というものに対するこの本質的な「怒り」のためであるに違いない。

7 「冥界」からの声――『現代能　始皇帝』

那珂太郎の最後の詩集となったのが、『現代能　始皇帝』（二〇〇三年）であるのは象徴的である。「後記」にあるように、この作品は、詩作品「皇帝」を現代能に仕立ててほしいという依頼によって書かれた。しかし、詩はそのまま能になるというものではなく、能特有の劇的構成が必要となってくる。そこで詩人は、「皇帝」には登場しない徐福をワキとして立てて、始皇帝と徐福との対話を中心テーマに据えることにより、「夢幻能」として全く別の作品に仕立て上げた。一般的に言って、能ではワキはシテを呼び出すための役割を持つのだが、ここではその上に、シテである始皇帝と対等のかたちで対話することで、ドラマを推し進めていく重要な働きをもたせたのである。ここにも、詩人独自の工夫が見られる。

全体の構成を見てみると、1は、プロローグに当たり、暗闇の中にコロスとしての始皇帝陵の地下軍団の兵士たちが、二千二百年以上の時の彼方より立ち上がってくる場面である。ここでは「皇帝」の詩句をほぼそのまま「コロス」として使用している。2の場面では、時は現在となって、徐福の七十余代の後裔が始皇帝陵を訪ねると、その眼前に白昼夢のごとく地下軍団の兵士たちが現れ、始皇帝の事績を語るさまが描かれる。

――かれ十三歳にして王位に卽《つ》くや
直ちに驪《り》山に自《みづか》らの墳丘を築き始めたり
宏大なる地下宮殿を造營せんがため
天下の徒のこの勞役に從ふ者じつに七《しち》十餘萬人
地底深き宮觀に百官の席を設け
珍奇高價なる財寶を悉くここに移し滿たせり
腐朽を防がんがため水銀もて百川《ひやくせん》を渡し大海をつくり
人魚の膏《あぶら》もて燭を點《とも》し
永久にこれが消えざらんことを圖《はか》れり
（「現代能　始皇帝」2部分）

この作品は「現代能」と銘打たれているので、当然舞台上で能役者によって語られることを前提とした「語り」のかたちをとっている。能は、長い歴史のうちに非常に抑制され洗練された動きによって、象徴的に情景や心情を表現する演劇であるように、ここで使われることばも、非常に抑制的で簡潔でありながら、大きな示唆を与える象徴性に満ちている。しかし、文体面を見てみると、伝統的な能が用いる和歌的な修辞を中心とする和語脈ではなく、あえて漢語脈、すなわち作者の言う「漢詩——王勃、李白、白居易、また『唐詩選』『和漢朗詠集』などからの斷片的詩句の引用を交へた文體を」(「後記」)試みているところに、作者の独自性がうかがわれる。

3は、徐福の後裔が見る白昼夢の場面である。ここで、往時の始皇帝と徐福とが対面する。徐福は海の彼方に不老不死の仙薬のあることを告げ、始皇帝はそれを聞いて徐福一行を船出させる。4は、時間が現代の夕暮れに戻り、彷徨う徐福の後裔の夢に始皇帝の亡霊が現れ、いつの間にか徐福その人に変身したその後裔と、生命、栄華、権力の虚しさを語り合うところへ、コロスの声が加わる。

無のゆらぎよりあらゆる有、萬物は生じ
しかしてあらゆる有、萬物はやがて無に歸すべきもの
宙宇のあらゆる有は　無より無への途上に他ならず
人の命《いのち》もまたこれに異ならず
老《おい》と死は　人の命のおのづからなる理法
あるゆる榮華　あらゆる財寶も　つひに空中の樓閣にひとしく
すべての欲念妄想も　虹の棧《きざはし》とともに
途なかばにして霧と消え失《う》するもの

(「現代能　始皇帝」4部分)

さらに、この後、始皇帝の亡霊が「三千世界は眼の前に盡きぬ」と呟くのに対して、コロスはこれに呼応するかのように、「八萬四千《しせん》の事象悉くこれ空無」とうたう。ここに出てくる「空無」ということばを見落としてはならない。「無のゆらぎより」「萬物は生じ」、「萬物はやがて無に歸す」――ここでうたわれる思いを集約したことばこそが、「空無」にほかならないからだ。そして、これこそが「現代能 始皇帝」を縦に貫く主調音となっていることはもはや言うまでもない。

那珂が出発時点以来抱え込んでいた「虚無」は、若年から親炙していたニーチェをはじめとするヨーロッパのニヒリズム思想や、『徒然草』等に現われた中世日本の「無常観」の影響が色濃く見られることはすでに指摘しておいた。もちろん、そうしたものに強い影響を受けたことは間違いないだろうが、こうやって那珂の詩業の終着点に辿り着いてみると、ここに現れた思いの実体は、初期の「虚無」観とはかなり質的に隔たっている。なぜなら、ここに見られるものは、ニヒリズム思想ほど積極的に世界を否定する態度のものではないし、無常観のように底に諦観を秘めたものとも肌合いが異なるからだ。そのはるか根源にある、さらに普遍的な、生そのものの中心にすでに死という「空無」がポッカリと存在するという、否応ない認識であったように思われる。

しかもそれは、卑小な〈私〉に対する執着の入る余地などはじめからない、〈私〉をはるかに超えた巨大な宇宙的な「空無」そのものであると同時に、宗教や哲学と大いに関わりはあるけれども、もっと混沌とした、もっと魂の古層に根ざした、現実世界とは異質な原理のもとに生きている「空無」の感覚とでも、あるいは、この世を超えた「冥界」からの視線とでも呼びうるようなものである。

ここにおいて、那珂の詩は、「能」と切り結ぶ。なぜなら、「能」こそは、この世とあの世、存在と非在、「有」と「無」の境界を自在に往来する芸術であると同時に、現実世界では目に見えない、あるいは、気配としてしか存在できないながら、その深層においてひそかに世界を支配している潜在的な領域——それは、「空無」とも「冥界」とも「死」とも呼びうるものであろう——からの「風」が吹き込んでくる空間であるからだ。

「能」は、また、現実世界に体系づけられ、秩序づけられることを自ら拒否した、あるいは、そこから必然的にはみ出てしまう、死者たちの声を響かせるための舞台空間の意味合いを持つ。面をつけることの意義も、ここにこそある。能面をつけた能役者の目は、日常的な肉眼ではなくて、単なる空隙であること、言ってみれば「空無」であることによって、「死者」の目となる。もちろん、この空隙は、一方では、生身の能役者が即物的な舞台空間という現実を見通すための通路でもあるけれども、それ以上に、「冥界」からの視線が行き交う通路としての意味を持つのである。

したがって、能舞台では、「空無」の裂け目が至る所にその口を開き、観客は、その「空無」に絶えず侵蝕されることになる。「現代能　始皇帝」の詩的言語は、現実世界を超え、絶えず生成流動し続けることで、読者をカオスに満ちた「空無」へと、知らぬ間に引きずりこんでいく。那珂太郎が「皇帝」を「現代能　始皇帝」として新たに書き起こしたのは決して偶然ではなく、ある種の必然であったのだ。「現代能　始皇帝」の最後の場面では、始皇帝の亡霊はついに宇宙の彼方へと消え去り、徐福の後裔だけが舞台に残されて、コロスの声がその虚空に響きわたる。

限りなき権力への欲はなほ滄波と共に眇眇《べうべう》
永遠《とは》の命《いのち》への望みは白霧《はくむ》の如く果しなし
なほ鎮め得ぬ皇帝の靈《みたま》は
こがる夢の
こがる夢の　海のかなた
虹の棧《きざはし》　のぼりゆき
虹の棧　のぼりゆき
太虚の雲に紛れつつ
宇宙の塵となりにけり
宇宙の塵とぞなりにける

（「現代能　始皇帝」4最終部分）

詩人は、現実の世界にその足場を置きながらも、決してそれに全的に一体化することはなく、いつも心は、その根底にあって絶えず生成流動を繰り返す潜在的領域に置かれている。日常世界では覆い隠されている、死者たちの声、死者たちの視線のこの世を超えた力によって現実世界に穴をうがち、そこに冥界の風を躍り込ませる――これこそ、那珂太郎の詩の持つ本質ではないのか。彼の詩に固有の異様に静謐なことばの質を読みあやまってはならない。それは、「冥界からの声」が持つ本質的な静謐さなのだ。この世を超えた声であるからこそその静謐さなのだ。那珂の詩を日常的な感情や価値観でもって読もうとする者は、手痛いしっぺ返しを喰らうであろう。

8 「空無」の形象化――全詩業を通して

那珂太郎の初期作品から最後の作品までをあらためて読み返してみると、その全詩業を通して、はっきりとしたスタイルの変遷の軌跡が実に際立った詩人であることに、誰しもが気づかざるをえない。『ETUDES』から『黒い水母』を経て『音樂』へという道程に限って言えば、その詩法の探求は、特に珍しいこととは言えない。初期の自己の内面に巣食う物象を抒情的に歌う詩風から、様々な詩法の探求を経て、ついにその詩人に固有の詩法に至り着くという経緯は、最初から完成された詩法で登場する限られた天才的な詩人を除けば、優れた詩人ならばその多くが辿りうる道筋であるからだ。

しかし、那珂は、『音樂』という、現代詩の歴史上空前絶後と言ってよいほど独創的な詩法に至り着いたにもかかわらず、その後も己の詩法の探求をやめなかった。もちろん、彼にも、晩年に至るまで『音樂』的詩法の作品が存在することは見てきたとおりである。しかし、『音樂』の諸篇から「はかた」、「空我山房日乗」連作、「皇帝」、「鎮魂歌」そして「現代能 始皇帝」と、いわば尾根伝いに辿り直してみるだけでも、大雑把に言って和語脈から漢語脈へと、「言」から「事」へと、「音韻性」から「意味性」へと、そのスタイルはくっきりとした変貌を見せている。

那珂は、なぜ、こうした詩法の探求を続けたのであろうか。それは、自らが宣言するとおり、「詩は方法にほかならず、方法的に索められる〈ことば〉のかたち、にほかならない」(「この三十年」)からである。ここにこそ、那珂の詩人としての真正さの証がある。この国には、ひとつの詩法を獲得するやそれを守り続ける詩人が多い。そこには、「型」を重視する日本文化の伝統の影響もあろうし、ひとつの詩法が認知されるとその詩人の意匠登録としてそれを求め続ける読者の側の問題もあろう。しかし、真正の詩人は、自らの詩法の更新に意識的であらずにはいられない。詩作とは、ことばによる新しい「現実」の発見・創造行為にほかならないからである。固着した詩法は、固着した現実をしか反映しない。

しかも、これほどはっきりとしたスタイルの変化を見せながらも、那珂の詩には、一貫して底流するものがあるのも、また見てきたとおりである。だが、その底流するものも、質的な変化を見せていることも言っておかなくてはならない。たとえば、『ETUDES』においては「虚無」的心情の発露が直接的に見られるのに、「現代能 始皇帝」においては「空無」観が強く感じられる。「虚無」と「空無」は、これが「虚無」これが「空無」と、単純に分けられる性質のものではもちろんない。

しかし、『ETUDES』においては虚無的な世界観によってその内部に存在する物象の姿を抒情的に歌い上げたのに対して、『音樂』の諸篇になると、そうした自己の世界観をいったん離れて——ということは、自己放下をして——ことばの本質的な構造そのものを追究している。そしてそれは、そのまま、世界の構造そのものを追究することにほかならない。その結果、那珂が得たものは、ことばの面から言えば「音素」であり、世界のあり方から言えば「空無」の構造だったのである。

「空無」の構造に気づいてしまった那珂が、どうしようもなく「冥界からの声」に引きつけられていったのは、得心がいく。しかし、こうした冥界からの声は、また、一方で初期から一貫して聴き取れるものであったろう。しかし、それを詩人自身が真に自覚し、ことばの深い位相において表出しえたのは、やはり、『音樂』の試みが成功して後のことである。『音樂』において那珂は、ことばの冥界そのものに赴き、そこでことばの深い実相を体感し、その上で、現代のオルペウスとして現実世界に帰還したのだ。

しかも、神話上のオルペウスが、妻のエウリュディケを失ってしまう結果になったのに対して、那珂は、『音樂』の諸篇というエウリュディケをしっかりとその手にしたまま、詩の世界に帰還しえた。この意味において、『音樂』は、那珂のみならず、日本の現代詩にとってまさに画期的なものとなったのである。

『音樂』の諸篇は、内在的な、いわば無意識の奥深くに潜在しているものの表出であるから、ことばの形をとって生成流動してくるものに対して、今まで実現されたことのない可能性の発現として、読者は新たな感動を覚える。それはまた、常識によってがんじがらめにされてしまった心の状態を作り変えて、今まで日常的な認識の下に隠されていた世界の真実の姿を知覚することでもある。そして、日常的な自己の枠組みが壊され、言語意識の深層に直面させられたときに、そのカオスにみちたことばの海の中から、まるで波が形を取るように、読者は、思いがけない形でことばの生成する姿そのものが出現してくる現場に立ち会う。それは、自己の存在をはるかに超えた声、言ってみれば、他者であると同時に自己の深部に住む死者たちの声とでも言うべきものでもあろう。

したがって、その書かれたところの作品は、こちら側でも向こう側でもない、その中間地帯に、ふしぎな物質感をもって漂っている。しかし、その物質感は、確たるものというより、たえず生成流動し、至る所にこの世界とは異なる領域の「風」が吹きこんでくる体のものである。そのため、その作品は、一字一字、一行一行を読むたびに、常に新しい情景が展け、見なれぬ世界が広がり、その意味も変容に次ぐ変容を見せるものとなる。

日常と異なる意味の場が、日常の意味とは異なった仕方で繋げられていくのを目の当たりにすると、人はそこに新しい意味（それは以前の概念での意味とは違うものだし、それを果たして意味と呼ぶべきなのかは分からないが）が立ち上がってくるのをありありと感じ取るはずだ。『音樂』の場合は、さらにそれが意味の磁場だけではなく、文字どおりことばの〈音〉としてのつながりの様相を帯びて現われてくるので、読み終わった後の読者は、音が生まれ出た後の瞑想的な静けさの中に入りこんでしまう。

こうした「冥界からの声」は、たとえば、「空我山房日乘」連作の「白雨夢幻」に響く「讀誦ノ聲」としても那珂に聴こえてくる。しかも、この場合は、作者自身が、心の領域ではすでに冥界に囚われていた。いやむしろ、自分から冥界に入り込んでいるというべきであった。詩集『幽明過客抄』のI部に収められた詩篇は、題名どおりこの世とあの世を行き交う意識を友人・知人の死に触発されて綴ったものである。

さらに、秦の始皇帝陵で発見された兵馬俑を見たことを契機として生まれた長篇詩「皇帝」では、詩人は、二千二百年の時を超えて蘇った兵馬俑の姿に輻輳する死者たちの声を聴いている。また、「鎮魂歌」が、那珂が中学生のときの虫垂炎の執刀医、鳥巣太郎氏の死亡記事を契機として書き出されたことも偶然ではない。すべて、これらは、そこに冥界との通路を作者が感じ取ったからにほかならない。

　振り返ってみれば、那珂太郎は、この「冥界からの声」を、一貫して「怒り」を内に秘めた鎮魂歌として表現し続けてきたのではないだろうか。上記の作品のほかに、「はかた」は言うまでもなく、また一方で伊達得夫への鎮魂歌であったことはすでに見たとおりであるし、遡れば『音樂』にさえ「鎮魂歌」というタイトルの作品があり、『黒い水母』にも「挽歌」が存在する。

　この詩人の作品の多くには、いつも滅びゆくものへのレクイエムの響きが聞こえていた。そもそも出発点の『ETUDES』の諸篇でさえ、自己を含めたある世界の滅びの予感にふるえる鎮魂歌として読めるはずである。その意味において、那珂太郎の詩的営為は、その詩法の多様な変遷にもかかわらず、頑固なまでに一貫したものであるに違いない。

　心の領域において自在に冥界と現世とを往来する那珂にとって、結局、現実世界は破局の連続にすぎず、廃墟の堆積にすぎない。冥界から見通した場合、この世は、確たるものではなく、「空無」の集積にすぎないのである。そこで問題となるのは、「冥界」を想起し続けること、「過去」を喚起し続けることであろう。その場合の「過去」とは、作者自身の体験した過去でもあることはもちろん（たとえば「はかた」）、はるか過去にまで遡る歴史的時空を超えた死者たちの声（たとえば「皇帝」）や、昭和という時代そのものの犠牲者たちの声（たとえば「鎮魂歌」）でもありうるのだ。

　しかも、その場合、単に過去を想起すればよいのではなく、想起のしかた自体が問題となってくる。絶えず生成流動するカオスに満ちた「冥界」からの風を現実世界に吹き渡らせるためには、それ自体生成流動し、幾重にも重なることばの層を呼び込む必要がある。そのことば自体が、「空無」の風を帯びている必要がある。そして、その現実世界を超えた風が、読者をカオスに満ちた「空無」へと引きずりこんでいく。そのとき読者は「冥界からの声」を自らの内部のうちに聴くことになるのだ。那珂太郎の詩を読むことは、最大級の賛辞の意味で、実に「不吉」で「畏怖」すべき全く新しい体験なのである。

『音樂』を原点とする那珂太郎の全詩業を、スタイルの変遷を中心に初期作品から最後の作品に至るまでいわば尾根伝いに辿ると、そのスタイルの大きな変化に伴って叙事詩的な流れが次第に強くなってくることはすでに見てきたとおりだ。それはまた、ことばの意味性の比重が増し、主題性が強くなったことを意味する。これは、かつて『音樂』で、観念や抒情による主題性を否定し、ひたすらことば相互の音韻的、イメージ的連鎖（あるいは非連鎖的な飛躍）を追究した彼の詩法と矛盾しないだろうか。

『音樂』時代の那珂太郎は、自己の内部に巣食う「虚無」そのものの形象化をことばによって果たした。この戦いで一応自己の内部を固めた彼は、そのことばを武器に外部世界へと戦いを進めなければならなかった。なぜなら、詩とは畢竟、詩人の内部世界と外部世界との関わりを問うものである以上、自己の内部世界が彼の全世界の大きな部分を占めているときは、それとことばで渡り合うのは当然のこととして、その作業が一通り終わった後には、外部世界との戦いの側へ、「もの」や「こと」が支配する外部世界とことばで対峙する方向へ歩を進めていくのは、むしろ詩人としての必然であるからだ。那珂太郎の場合、この戦いが叙事詩のスタイルを招来したのである。

しかも、那珂の作品は、「はかた」「鎮魂歌」といった「死」を直接のテーマ、モチーフとしているものはもちろん、他の作品も、「空無」の濃密な闇をいつも静かにたたえている。「空無」そのものの形象化から外部世界と接触する叙事詩の方向へとその流れが基本的に変化しようと、和語脈から漢語脈へとそのスタイルが大きな変貌をとげようと、その詩の根底には、自らが生まれ生きた現代という時代が内包する「空無」の深い闇が生き生きとした姿を見せている。

那珂の「空無」が、時代が強いたものか、個人の資質によるものかという問いかけを、今までに何度もしてきた。だがしかし、この問いかけ自体が無効なのかもしれない。そもそもこの二つは、画然として分けられるものではないだろう。詩人が時代の感受性に決定的な影響を受ける者である以上、特に過酷な時代状況下にあった場合、どこまでがその詩人の固有の資質かと問うこと自体に意味はないからである。それはなにも、人は等しなみに時代状況の影響を受けるという意味ではもちろんない。時代状況からの影響の深度は人によって異なるし、それに対応する方法もそれぞれ異なる。

詩人の歩みは、ある資質の人間がある時代状況に置かれたら必然的にそうなるということの証でしかない。そのため、那珂太郎の作品自体が、彼独自の方法によっていかに真摯に時代と正面から向き合ってきたかを物語っている。そして、このように時代精神と目に見えぬ深淵で対峙している存在を、詩人と呼ぶのである。彼自身、早くも「詩論のためのノオト」で、「詩作品は、直接だれにむかつて書かれるのでもない。自らおのれを超えたところの、より大いなる無への供物とでもいふべきであらう。」と述べている。那珂太郎の作品には、時代との、あるいは、過去との関係をどう読み取り、それをどう生きていくのかという重い問いかけを、読み手の一人一人に課してくる力があるのだ。

廃墟の〈空〉からの出発

——飯島耕一『他人の空』『わが母音』論

I　廃墟の〈空〉からの出発

1　〈空〉の発見

飯島耕一が、第一詩集を『他人の空』と名づけたのは正しい。〈他人の空〉を発見することにこそ、飯島の詩的出発点があったからである。『他人の空』全二十二篇のうち、表題に「空」を含み持つ作品が四篇、〈空〉が描出されている詩篇を含めると九篇にものぼる。数字のうえからだけでも、飯島の〈空〉に対する偏愛（いやむしろ、強迫観念とでも呼ぶべきだろう）が見てとれるのだが、一体、これほどまでの〈空〉に対する執着は、飯島の中で、いつ、どのように生まれたものだろうか。因みに、他の基本語彙でこれほど頻出するものは見当たらない。唯一の例外として〈血〉があげられるが、これは、〈空〉との関係で後ほど触れることになろう。
小沢書店版『飯島耕一詩集1』には、「『他人の空』以前（1949～1953）」と題されて十一篇の初期詩篇が収録されている。これらのうち、〈空〉が描出されているものが三篇、さらに表題に「空」を含み持つものが一篇ある。その「空と汗」は、四部八十行弱の、初期詩篇としては最も長い作品である。表題に「空」を含み持つことで明らかなように、ここには、飯島耕一の〈空〉が原型的な形で現われている。それは、エピグラムの「私らは空を描かねばならぬ。／空は私ら自身なのだから……」という象徴的なことばからも推測できる。

空——
空はいつでもおれたちの上にあった。
目がさめると　とつぜん真夏がやって来たこともある。
おれたちは向日葵のように明るい空の下で、
汗ばんだ雨傘を　サーカスのようにふりまわした。
空は　仲間のようだった。

（「Ⅰ　暁のレクイエム」一連）

『他人の空』の読者ならば、一読して「空」という作品を思い出すに違いない。というより、「暁のレクイエム」をもとに「空」が書かれたことは誰の目にも明らかである。比較のため、「空」（全篇）を引用する。

空が僕らの上にあった年。
目がさめるととつぜん真夏がやって来た年。
汗ばんだ雨傘をサーカスのように
ふりまわした年。
砂くちばしのように
空が垂れ下ったり拡がったりしはじめた年。

字句的にはかなり共通している。しかし実際に読み比べてみれば、「空」の方がはるかにことばの自立が進んでイメージもくっきりした造型を示している。たとえば、前者の「目がさめると　とつぜん真夏がやって来たこともある。」（傍点引用者）と曖昧に例示する表現と、後者の「目がさめるととつぜん真夏がやって来た年。」（傍点引用者）と読者の焦点を特定の「年」へ集中させる表現を比較するだけでそれは明らかになる。また、後者は、「……年」という体言止めを繰り返すことによって、歯切れのよいことばのリズムを産み出すことに成功している。

さらに、前者の「おれたちは向日葵のように明るい空の下で、／汗ばんだ雨傘を　サーカスのようにふりまわした。」という詩句と、後者の「汗ばんだ雨傘をサーカスのように／ふりまわした年。」という詩句を比較検討してみれば両者の違いが一層明らかになるだろう。前者の最初の比喩は、「向日葵のように」という形容自体にすでに明るいメージは含み持たれているため、その上に「明るい」と重ねることは余分な表現でしかない。また、「向日葵のように」「サーカスのように」と比喩が続くことで、かえって二つ目の比喩の効果を弱めてしまっている。

それに比べると、後者の表現は、はるかに息づいている。余分な形容がないだけに、誰の目にも一読して鮮明なイメージが浮かぶ。「サーカス」という子供たちにとって特有のイメージを持つものと、日常の生活用具「雨傘」が結びつくことによって、読み手それぞれのうちに少年の日の「雨傘」をふりまわしたイメージがくっきりと甦えるはずだ。しかも、「サーカスのようにふりまわした」のだから、「向日葵のように明るい空の下で」とわざわざ表現しなくても、雨上がりの明るい空であることは、無意識のうちに理解できる。喚起力の強い表現のために、イメージの想像がふくらむのである。

〈比喩〉とは、正確に描写・表現しにくいものを、あるいは論理的に説明しにくいものを、一瞬のうちにイメージの鮮烈な造型力でもって直感的に理解させる表現効果でなければならない。「暁のレクイエム」から「おれたちは向日葵のように明るい空の下で、」という一行を削除したことで「空」が成立した意味や効果は、これによって明らかだろう。
「空と汗」から『他人の空』の作品に詩想（モチーフ）が流入したのは、「空」一篇に限らない。

そしてああ　きみたちは知っているだろう。
堕ちた空、牛乳色と血の色ながれる空、
ひとたちが破壊にのみ執した　おそろしい空。
それはもう久しいことだ。
崩おれた空は　細長い　砂嘴《すなくちばし》のようだった。
あれら　暁の空の色は――

そうして空はだんだん涙ぐんで来る。
絨氈のような　可哀そうな空、
不器用な空――空よ
おまえはためらいがちに　だが口を開くだろうか、蝕ばまれたおまえの肋骨の地平
　線から……

何よりも愛することだと、
すべて生ける者らに平等な　この暑さを愛することだと。
紙風船のように　遠のいて行く
近づいて来る　記憶たちを。

空よ――
何よりも　免れるのだと。
そこ此処の灼けた路上にむき出しの
人間たちの不幸に慣れることから免れるのだと。

（「I　暁のレクイエム」二・三・四連――傍点引用者）

私は幾枚もの空を所有している。涙ぐんだ空、なかでも埃まみれの絨氈の空、可哀そうな空、おびただしい血の乾かぬ空、呪われた空、人々が破壊にのみ執した空を。それはもう久しいことだ。そこ此処のやけた路上にむきだしの　不幸は　汗ばんで馬腹のようにあえいでいる。

（「埃まみれの空」第一連）

これもまた、前者の傍点を施した部分を再構成して後者が成ったことは明らかだろう。しかし、後者のたたみかけるような「空」の例示が、くっきりとした造型を見せているのに比べて、前者のたとえば「そうして空はだんだん涙ぐんでくる。／絨氈のような　可哀そうな空、／不器用な空——空よ」という表現は、いかにもひ弱で間のびしているためイメージの造型力が弱い。

また、前者の四連がいかにも説明的、散文的で詩的ボルテージが低いのに対して、後者の「そこ此処のやけた路上にむきだしの　不幸は　汗ばんで馬腹のようにあえいでいる。」という比喩表現からくるイメージの直接性や断定的表現からくる詩的屹立性はどうだろう。さらに、いちいち引用はしないが、「埃まみれの空」の後半二、三、四連は、明らかに「空と汗」のうちの「Ⅱ　汗ばんだ掌」のイメージと詩句によっている。

以上のように、「空と汗」こそは『他人の空』の中核部分の先駆をなす作品であることは疑いようがない。いや、直接的な言い方をすれば、「空と汗」を一つの突破口として、飯島は固有の〈空〉を発見し、その発見が急速に『他人の空』の詩篇へと展開していったのである。飯島耕一自身、「自作について」の中で、「この詩（「空と汗」をさす——引用者註）をもとにして、『他人の空』の一連の詩を一、二カ月の間に書いた。わたしは二十三歳になっていた。「空と汗」は、ようやく空というテーマを発見した、わたしとしては記念すべき詩だった。」と書いている。まさに〈空〉の発見こそが、飯島にとっての〈詩〉の発見だったのである。

2 〈空〉の特質

それでは、飯島の〈詩〉の出発とさえなった〈空〉とは、そもそもどのような特質を持つものであったのだろうか。詩集のタイトルともなった「他人の空」（全篇）を引用しよう。

鳥たちが帰って来た。
地の黒い割れ目をついばんだ。
見慣れない屋根の上を
上ったり下ったりした。
それは途方に暮れているように見えた。
空は石を食ったように頭をかかえている。
物思いにふけっている。

もう流れ出すこともなかったので、
血は空に
他人のようにめぐっている。

（「すべての戦いの終り　I」）

飯島耕一の初期代表作と言うばかりではなく、戦後詩の記念碑的作品の一つとまで言われる名高い作品である。事実、形容詞を極力排した（「黒い」という一語が使われているだけだ）即物的な表現、凝縮されたイメージが、くっきりとした造型性のうちにまるで結晶体のような詩的輝きを見せる、稀にみる詩的レベルの高い作品である。「鳥」、「地」、「空」、「血」といった〈もの〉に即したイメージの展開が、ほとんど〈元素〉にまで化したことばによって少しの無駄もなく神話的にまで実現されている。つまり、「鳥」なり「空」なりが、ある時ある場所の特定の「鳥」や「空」ではなく、ほとんど原型的な〈鳥〉そのもの、〈空〉そのものにまで深められているのだ。

こうした造型への志向が、これほど凝縮したことばで表現された例は珍しい。ここには、飯島耕一の原型的な要素がすべてあるとさえ言ってよい。この、極端に凝縮されたイメージ、省略の技法は、「空」と「暁のレクイエム」の関係で取り上げたのと同じような経緯を辿った結果である。その原型となった「すべての戦いの終り」から関わりのある部分を引こう。

すべての戦いのおわり、彼らの上にある空。
汗ばんだシャツ、他人の空、不幸な空。
もう流れ出すこともなかったので……
血は空に
他人のようにめぐっている。
生きのこった戦士たち、
彼らは一人一人　袋の中から脱け出す。
土色の
だぶだぶの袋。
そうして雨上りの舗道を駈けて行く。

茶褐色の舗道は　方々で
大きな口を　忘れたようにあけていて、
プラタンの梢は死んでいた。

鳥たちが帰って来た。

地の黒い割れ目をついばんだ。
見慣れない　屋根の上を
上ったり下ったりした。
それは途方に暮れているように見えた。

空は石を食ったように頭をかかえている。
物思いにふけっている。
拿捕された船が　船着場にもやっている。
（夜が、まもなく船窓をコッコツとたたくだろう。
たたいても、たたいても
夜どおし灯はつかない。見張人さえいない。）

これも、引用部分の削除と再構成という単純な作業によって、「他人の空」が成立したことは誰が見ても明らかだ。ただし、一見、単純な作業と見えるだけで、引用した部分から「他人の空」という作品を導き出すためには、高度の省略の技法と、それにも増して厖大な詩的エネルギーを必要とすることは言うまでもない。その省略の技法とは、具体的な表現を徹底的に削除することによっている。

つまり、「すべての戦いの終り」の方は、具体的な事物の描写をすることによって、ある港の、ある舗道の、ある戦士たちの表現に限定される。しかし「他人の空」の方は、そうした具体的な描写を削除することによって緊迫感をたたえた、さらに普遍的、原型的なイメージに到達している。「生きのこった戦士たち」、「拿捕された船」といった敗戦直後の時代状況を如実に物語る表現を削除することによって、かえってその当時の精神的状況を一層深い位層において捉え得たのである。

たとえば、「すべての戦いの終り」の文脈を辿る限り、「鳥たち」に「生きのこった戦士たち」のイメージの投影を見ることは誤りではないだろう。むしろ、逆にそう読み取ることを強いていると言ってもよい。ところが、「他人の空」では、むき出しの形で「鳥たち」が表現されている。ここは、文字通りの「鳥たち」と読んでしまってよい。つまり、「他人の空」の方が、さらに深い多様な象徴を担うようになっていることは、この例からだけでも明らかになろう。比喩的に言えば、「他人の空」には、〈鳥〉となって〈客観的な一つの視点と化すことによって〉敗戦後の日本の風景・精神状況を眺望した時の、明晰なイメージが定着されている。

飯島の〈空〉は明らかに、戦争から敗戦に続く時代の傷を深く負っている。「石を食ったように頭をかかえている」空、「物思いにふけっている」空、「血」が「他人のようにめぐっている」空。これらの表現からだけでも、飯島の〈空〉の特異性は理解できるだろう。ここで注意しなければいけないのは、この作品で〈空〉と〈血〉のイメージが結びついていることだ。「もう流れ出すこともなかったので」という表現は、逆に、今までは夥しい血が流れ出していたことを容易に想像させる。

この〈血〉のイメージこそは傷ついた時代のイメージ、具体的には太平洋戦争を潜り抜けた意識の表現でなくて何であろう。「血は空に／他人のようにめぐっている」という比喩が、〈空〉に対する強い執着と同時に、それに対する決定的なよそよそしさ、距離感を伝えている。〈血〉さえも、体内を脈打つあの肉体感覚に根差すのではなく、「他人のように」よそよそしく「めぐっている」貧血質の空。それは、気味悪い程何もない、しかも圧倒的な沈黙の支配する敗戦後の心象風景であることだけは確かだろう。

前に引用した「埃まみれの空」にも、〈空〉と〈血〉とのイメージの結合が見られた。そこでは、戦争のイメージが「おびただしい血の乾かぬ空」と、もっと生々しい表現でうたわれていた。同じような〈血〉のイメージは、『他人の空』からいくらでも見つけ出すことができる。「われらはおびただしく流され、血は砂に乾かなかった。」(「血について」)。「流された血は乾きはしない。」(「死人の髪」)。「てんてんとしたたる／血の色の／菫……」(「影を背中につけた動物たち」)。この〈乾かぬ血〉こそ、戦争によって傷つけられた時代のイメージそのものなのだ。この〈血〉のイメージはいささか陳腐でさえあるが、それが他ならぬ〈空〉と結びついたところにこそ、飯島耕一の独自性があるのだ。

しかし、なにも、彼の〈空〉がすべて血塗られているわけではない。

空は希望に疲れている。
大きすぎる荷物に似た希望。
疑いすぎることが悪の同義語《シノニム》につながる土地。
（「大きすぎる荷物」最終連）

名前もない水たまりがある。
彼らはそこに自分たちの
目の中に蔵い込んで来た空をうつしている。

言葉が通じないように
この土地の人には通じない。
彼らの目の中に蔵い込まれた
この大きな希望が通じない。
（「帰って来た子供たち」一・二連）

これらの作品にも、戦争の傷痕が確かに読み取れる。「大きすぎる荷物」の「空は希望に疲れている。」という詩句は、「希望」ということばが苦い認識のもとに使われていることを示している。「空は」と表現していながら、これはほとんどある世代の精神的自我像と言ってよいだろう。それは、後者を読めばより明らかになる。

この作品は、引用部の後に「古ぼけた地図が壁にはりつけされてある。／シナ大陸のところどころに／汚点《しみ》のように赤い印と日付がつけてある。」と書かれているように、中国大陸から帰還した子供たちをモチーフにした作品である。ここで作者は、強い思い入れを持ってその子供たちに自分の姿を重ねている。「空」と「希望」とを、ほとんど「同義語《シノニム》」として使っている。しかしそれは、「彼らの目の中に蔵い込まれた」ものであって、「この土地の人には通じない」。

ここに表現された〈空〉は、微妙に、しかし截然と、今まで見てきた〈空〉とは異なる。すなわち、これはあの「おびただしい血の乾かぬ空」ではない。この〈空〉は〈希望〉に繋がる空であり、しかもそれは、「この土地の人には通じない」空なのだ。ここから、「帰ってきた子供たち」はかつて「希望」に繋がる「空」を確かに持っていたのだが、それらは「この土地」＝日本ではすでに失われていて、彼らは「目の中に蔵い込んで来た空を」時々「名前もない水たまり」に映すことでかろうじて慰めている、という文脈が浮かび上がってくる。

この二つの系列の〈空〉をどう考えるべきだろう。〈希望〉と同義の〈空〉、「僕らの上にあった」〈空〉は、かつて存在した、そして今は確実に失われた〈ありうべき空〉としてうたわれている。それに対して、「希望に疲れている」〈空〉、「石を食ったように頭をかかえている」〈空〉は、〈現実の空〉として認識されている。前者は常に喪失のトーンを伴って過去の心象としてうたわれるのに対して、後者は常に〈現実〉に対する現在の苦い認識として表現されることを見れば、それはより一層明らかとなろう。

飯島耕一の〈空〉は、常に、〈ありうべき空〉（多分それはかつて一度は存在した空）と〈現実の空〉との対立・葛藤のうちに存在する。それは敷衍すれば、飯島の〈詩〉自体を、基本的に言って〈ありうべき現実〉を時に失われたものとして悲痛に、時に未来のものとして高らかにうたう行為と、〈現実〉への苦い認識を激しい〈違和〉を持って表現する行為との間を、たえず往還するものにしていることを意味する。ここに、どうしても世代という問題を考慮しなければならない理由がある。

3　廃墟の〈空〉からの出発

飯島耕一は、昭和五年二月二十五日、岡山市に生まれた。翌昭和六年九月に満州事変が勃発。昭和七年、五・一五事件が起こる。昭和十一年「二月二十五日、満六歳の誕生日を祝ってもらった翌日が二・二六事件だった」（年譜）。昭和十二年七月、日華事変勃発。昭和十六年十二月、太平洋戦争始まる。「中学三年の途中から勤労動員で旭川河口の造船造機工場に行く。（略）この頃から戦後二、三年のあいだ食糧事情がわるく、つねに空腹であった」（同上）。昭和二十年「六月二十九日、米軍の空襲により岡山市は壊滅状態となり、自宅も消失した。八月十五日、寄寓先の岡山市近郊庭瀬町で、敗戦の詔勅のラジオ放送を聴く。それ以前、八月十日頃、八月二十日に入校せよという航空士官学校合格の通知を受けとった。しきりに焼け野原となった岡山を歩く。破れた水道管から水が吹き出していた」（同上）。

歴史的事実と「年譜」からの抜萃とを並べただけで、飯島の世代の特異性がはっきりと見えてくる。つまり、満州事変と相前後して生まれ、幼年時から戦争の影を絶えず感じ続け、勤労動員や空襲が日常茶飯事で、中学生の時に敗戦を経験した世代。今や、死語となってしまったが、「勤労動員世代」と呼ばれる人たち。この世代の詩人はすこぶる多く、昭和五、六年生まれに限定しても、谷川俊太郎、大岡信、入沢康夫、川崎洋、渋沢孝輔、堀川正美、白石かずこ、多田智満子と、たちどころに思いつく。

昭和七年生まれの岩田宏は、その卓抜した「飯島耕一論」のなかで、自らをも含むこの世代について、「戦争の大義名分に絶望的に陶酔するには若すぎ、戦争の現実を見逃してしまうには年取りすぎていた当時の中学生たち」と要約し、続けて、「かれらは決して戦争に馴れなかったし、八月十五日以後も、だれよりも平和になじめなかった。その筈である。かれらは初めから平和を知らなかった。」、「戦争は初めからかれのものではなかった。それならば、戦後はかれのものか。かれは曖昧にあたまをふる。あの空や、土や、真夏の太陽が忘れられないのである。」と書いた。

ここには、この世代の特徴がみごとなまでに言い表されている。拠って立つ基盤もなければ抗うにたる確乎とした存在もなかった、奇妙に手応えのないこの世代特有の欠落意識が如実に語られている。言うまでもないほど〈戦争〉がこの世代の意識に決定的にその影を投げかけているのだが、十歳ほど年長の「荒地」の詩人たちのように政治力学的に〈戦争〉を捉えうるだけの年齢には達していなかったために、それは、生活レベルでの〈戦争〉、廃墟をつくるものとしての〈戦争〉と彼らには映ったはずだ。

この世代にとっては、まさに自己形成の過程と日本の戦線拡大の過程――それは、「廃墟の空」の形成の過程でもあった――とが完全に一致していた。自らが次第に自己獲得してゆく過程と、空が廃墟と化してゆく過程との完全な一致――このことが、この世代にとっての〈空〉を決定的に刻印づけた。生活のレベルでの勤労動員、空襲、そして飢え。それと無関係の、おかまいなしの抜けるような真夏の空、容赦なく照りつける太陽。そして、突然の敗戦（少年にとっては、突然の敗戦に違いないだろう）。先程引用した自筆年譜の「破れた水道管から水が吹き出していた」という表現は象徴的である。

こうして見てくれば、この稿の初めに、飯島耕一の〈空〉に対する感情を「偏愛」よりもむしろ「強迫観念」と呼ぶべきだと言ったことの理由が明らかになろう。この世代こそ逆に、〈空〉に決定的に刻印づけられたのだ。飯島自身、「昭和五年生まれの一詩人の胸のうち」の中で、「われわれの青春期は、自分でこわしたのではない廃墟、燃えがらやこわれた石塀や石ころやペンペン草と一致している。今、われわれの都市は再建されているが、ぼくはこの再建をかならずしもよろこばしく思っていない。これこそ表面だけのものである。(略) 今の都市の底にある始源の(青春のはじめのときの) 廃墟をぼくはもう一度見たいと純粋理念の上で思う。」(傍点——原文) と書いた。

また、「谷川俊太郎論」の中で、〈空〉に触れて次のような心情を吐露している。


『他人の空』には青空という単語は一つしかない。ぼくはうなだれて歩き、頭上にまるで蓋のように蔽いかぶさる曇り空を感じていた。青空の日もあったろうが、青空を美しいなどと思ったことは戦後一度もなかったような気がしていた。原爆以後の空なのだ。戦中の空はしばしば美しかった。戦中の青空は匐いつくばるようにして逃げるぼくたちの頭をめがけて、機銃掃射を浴びせてきた。アメリカの艦載機が身をひるがえして去ると、青空は美しかった。

しかし、こうした「青空」は、『他人の空』の中で直接に描かれることはない。それはつねに喪失の痛みを伴った回想の形で思い描かれている。たとえば、「空が僕らの上にあった年。／目がさめるととつぜん真夏がやって来た年。／汗ばんだ雨傘をサーカスのように／ふりまわした年。」(「空」部分)という形で。

これは、まさに敗戦時の空をうたったものであることは誰の目にも明らかだろう。あの〈廃墟の空〉に決定的に刻印づけられながら、その〈空〉は戦後のどこにもない。「帰ってきた子供たち」でも、「戦中の空」は中国大陸の〈空〉に転位された形で、「名前もない水たまりがある。／彼らはそこに自分たちの／目の中に蔵い込んで来た空をうつしている。」とうたわれる。やはり〈廃墟の空〉は今や「目の中に蔵い込」まれてしまっているのだ。

僕は、七月の日の光と青空を
追っかけて歩いた。
破れて穴のあいた舗石を踏んで……
僕は
大声で歌って歩いたのだった。
大声で言ってはならない　ひとびとの薔薇の言葉を……

（こんなによくない時代であったから）
ひとびとは鶏のように眠ったふりをして、
だが決して忘れたことのなかった言葉を。

（「言葉について」二連部分）

『他人の空』の中で「青空」ということばが使われている唯一の例だが、ここでも明らかに回想の形でうたわれている。〈廃墟の空〉に決定的に刻印づけられながら、その本質を捉える暇もなく、また捉えうるだけの年齢に達する間もなく、決定的に永遠にそれは喪われてしまった。幼少年時からなじんできたあの〈青空〉はどこへ消えたのか。そうしたおぼつかなさが、飯島の詩のどこかにいつも潜んでいる。しかも、それを忘れ去るには、あまりにも始源の空は輝かしく記憶の最も深い層に刻みこまれてしまっている。

そうした飯島にとって、戦後の〈空〉はどう見えたか。すでに一瞬にしろ、また少年であったにしろ（むしろ少年であったからこそ）、一度でもあの廃墟の〈青空〉、絶対的空白を見てしまった者にとっては、戦後の〈空〉は本質的に「原爆以後の空」、「頭上にまるで蓋のように蔽いかぶさる曇り空」でしかない。彼の表現は、戦後の現実を反映した苦渋に充ちたものとなる。たとえば「涙ぐんだ空、なかでも埃まみれの絨氈の空、可哀そうな空、おびただしい血の乾かぬ空、人々が破壊にのみ執した空」（「埃まみれの空」）というように。あるいは、「空は希望に疲れている。／大きすぎる荷物に似た希望。／疑いすぎることが悪の同義語《シノニム》につながる土地。」（「大きすぎる荷物」）というように。

岩田宏は、先程引用した文章の中で、飯島耕一の「放心の姿勢」を指摘した後、

貧血で倒れる人が、めまいの瞬間、ふと自分を客観的に眺めるように、詩人は感情移入された空を茫然と見つめている。この放心は、もちろん飯島耕一の世代の専売ではない。けれども、このような放心を物質化して、完成度の高い作品に仕上げたばかりではなく、放心そのものを自己と他者との積極的な関係を証明するための手段と考えたことは、この世代の特徴であると思われる。飯島耕一はここで全く新しい問題に直面しなければならなかった。すなわち、ある世代に共通した疾患である貧血状態のなかで、新しいメタフィジックを創り出すこと。放心を理解にまで変質させること。

と書き、さらに「飯島耕一のすぐれた作品のなかのことばは、ふしぎに非個性的であり、個性的である。これは矛盾ではなくて、飯島耕一にかんする限り当然のことなのである。この詩人の声には、代表者の発言というようなひびきが絶えずつきまとっている。その作品は、いつも一つの世代の声

なのだ。」と述べた。

実は、ここにこそ飯島耕一の栄光と困難のすべてがある。詩人とは時代の感受性に最も深刻な影響を受ける人種の謂だ。〈廃墟の空〉をその詩的感受性の基盤に置くこの世代にあって、飯島こそこの課題を真正面から担った最も正当な詩人の一人と言えよう。従って、彼の主題・スタイルも「非個性的」なものにならざるを得ない。『他人の空』のどこを読んでも、そこにはどこかしらある世代の声が響いてくる。表現もよくも悪くもアフォリズムめいた倫理的なものとなる。わたしたちはここに良質なモラリストとしての飯島耕一を見ることができるのだが、彼は決して「没個性的」なのではなく、逆に最も根源的に時代状況の傷を負っているその「非個性的」であることによって「個性的」なのだ。

ここで比較のため、同世代で同じく〈空〉に対しての偏愛を示す谷川俊太郎の詩篇を、『他人の空』と奇しくも同じ年に刊行された『六十二のソネット』から引こう。

空の青いところへたどり着くと
きつと誰もいない
あれは恵み深い嘘なのだ
（「34」最終連）

空の青さをみつめていると
私に帰るところがあるような気がする
だが雲を通つてきた明るさは
もはや空へは帰つてゆかない

（「41」一連）

〈空〉についての表現は抜き出そうとすればいくらでも抜き出せる。因みに全六十二篇のうち、直接に「空」（「青空」「星空」なども含む）という語彙が使われているものが二十三篇を占める。間接的に〈空〉をうたったもの（例「天」、「雲」、「陽」など）を含めれば、ほとんどの詩篇が〈空〉をうたっていると言ってよい。『六十二のソネット』もまた、もう一つの〈空〉の詩集だ。だが、この谷川の〈空〉は、飯島のそれとは随分異質である。

なによりも谷川には、透明な宇宙感覚が見られる。たとえば、「41」に表れている、自分は他の天体からやってきたのではないかという宇宙の孤児意識などは、谷川に独特のものと言ってよいだろう。この一種無機質な抒情や、感性に基づく宇宙的共生感は、飯島にはない。飯島の詩には、今まで見てきたように、もっと時代状況が深刻に影を落としている苦渋が見られる。

これには二人の生活環境の違いが考えられる。谷川も、もちろん空襲を体験しているが、京都に疎開したこともあり、また哲学者・谷川徹三の一人っ子というやや特殊な生い立ちもあって、同世代のうちでは当時比較的恵まれた環境にあった。つまり、生活面での戦争の影響の度合が、飯島より少なかったとは言えるのではないか。その点、飯島は、勤労動員、空襲、焼け跡、空腹と、生活面で深刻に戦争の影響を受けた分、その詩の表現にも戦中・戦後の具体的状況の反映が見られる。

では、谷川には全く戦争の影響がないかと言えば、それは違う。先程述べた「宇宙の孤児意識」、「宇宙との共生感」こそ、〈現実〉に対する違和の反映でなくて何であろう。やはり、谷川にも〈廃墟の空〉についての根源的記憶が間違いなくある。たとえば、「34」の詩句は、それを証明している。しかし、谷川の方が、時代の具体的状況との関わりの度合が小さかった分、その記憶が直接〈宇宙感覚的な空〉へ向かったのではないだろうか。飯島は、逆に、もっと深く根源的に具体的状況に関わった分だけ戦後の時代状況にも関わらずにはいられなかった。

これは、もちろん、どちらがよいとか悪いとか言っているのではない。二人の詩人の置かれた環境とそれ以前の生得的資質が、そのように彼らを導いたのだ。いずれにせよ、この二人の詩人の表現に、戦争が与えた〈現実〉からの疎外感の反映の二つの方向を見ることは誤りとは言えないだろう。

4　〈空〉から〈ひと〉へ

『他人の空』初版では、「序詩にかえて」と副題がついた「吊るされた者の木版画に」を除く二十一篇が、「他人の空」の表題の下、同題の詩から「死人の髪」までの十篇の一章と、「切り抜かれた空」の表題の下、「理解」から「言葉について」までの十一篇の二章とに、作者によって分けられている。事実、一章と二章とでは、その発想・主題・スタイルいずれにおいても、微妙ではあるが截然とした差異が見られる。一読して気づくのは、スタイルの違いだろう。スタイルと言うより、もっとはっきり限定してリズムの違いと言ってもよい。

一章では、原型となった作品があり、それを凝縮し削除することによって新たな作品としたものが多いこともあって、そのリズムは決してなめらかとは言えず、むしろゴツゴツしている。たとえば、最初の「他人の空」の文末表現を見てみると、第一連では「帰って来た」「ついばんだ」「下がったりした」「見えた」と過去形を重ね、第二連では「かかえている」「ふけっている」「めぐっている」と現在形を重ねることによって、作品にリズムを生み出しているのだが、そのリズムはむしろ極めてシンプルである。そして、「鳥たち」「地」「空」「血」といったことばも、まるで〈元素〉のように剝き出しのままそこに置かれている。

もちろん、このシンプルな、無骨とも言えるリズムが、かえってことばの〈もの〉としての実在感、造型性を確実に支えている。逆に、なめらかなリズムの中に置かれたら、これらのことばは〈もの〉としての陰翳を失ってことばの響きの中に流れ去ってしまったであろう。また、一章では体言止めが頻出することも、このことの証左となろう。つまり、飯島耕一の世界認識がもたらす苦渋がそのリズムとして現れているのである。一つ一つのことばが、〈もの〉としての存在感を感じさせると同時に、象徴的な表現が多様な意味をもたらす。こうした即物的なイメージの展開、〈元素〉的それゆえ象徴的なことばの造型が、苦渋にみちた無骨な詩のリズムを要請するのだ。

それに比べると、二章に置かれた作品群のリズムは、はるかに伸びやかに柔軟になってきている。平出隆は、この点について「第二章の詩句からは、詩人の語りたいことが柔軟なイメージに包まれながらも、明快に伝わってくる」と書き、それは、二章の「語りの質が、詩人の内発的な声そのものに近い」(『現代の詩人10　飯島耕一』)からだと述べた。二章の最初に置かれた「理解」を見よう。

人たちはパン屑で作った動物のように見合う。
わかち合うものは何もないといった様子で。
ポケットにつめこんだものを
一つ一つ投げながら歩いて行く男がある。
それが石であろうと

文字の書いてある紙片であろうと、
受取るものが見当たらない。

これがなつかしい地上の同胞だろうか。
肉体の死んだのち
年経てなお親しげに思い出す
人生という部厚い本の一頁一頁だろうか。
お互に理解し合わないでいることを
憎んでいながら黙りこくっていることが。
何一つ理解することなしにおのれの影を見えなくすることが。

（「理解」全篇）

主題的には一章の作品群に通ずるものがあるけれど、語り口は随分違う。まず気づくのは、文末表現がより多様になっていることであろう。特に二連が独特のリズムを生み出すことに成功しているが、それは決して単調ではない。より柔軟に、より感性的になってきている。そのことは、「なつかしい」「親しげに」「部厚い」という形容詞・形容動詞の使われ方を見れば分かる。

もう一つ、柔軟なリズムを感じさせる理由は、表現がより具体的になっていることだ。「他人の空」では、まるで〈元素〉のように余分な装飾をはぎとって、ことばが〈原型〉的に使われていた。ところが、この作品では、「ポケットにつめこんだものを／一つ一つ投げながら歩いて行く男がある。」というように、比喩的、象徴的でありながら、極めて具体的なイメージを持った例示的であるとさえ言ってよい表現が出てくることで、まさに歩行のリズムを感じさせることに成功している。

以上、たまたま二章の初めに置かれている「理解」を通して見てきたが、他の作品についても右の指摘はほぼ当てはまる。具体的なイメージを持つ詩句をいくつか抜き出してみる。「壁から額ぶちを下ろしたり、／衣服を着けたりぬいだりする／ささやかなしぐさ。／しばらくして彼は／電車の吊革に背伸びして／つかまっている。」（「大きすぎる荷物」）、「古ぼけた地図が壁にはりつけされてある。／シナ大陸のところどころに／汚点《しみ》のように赤い印と日付がつけてある。」（「帰ってきた子供たち」）。

一章の彫琢するようなリズムに比べて、二章のこれらの作品の持つリズムはより柔軟で自然な、いわば歩行のリズム、呼吸のリズムに近いものになっている。一章が、戦後に対する飯島の苦い認識の反映もあって凝縮した根源的、原型的な表現をとるのに対して、二章は、ナイーブな感性が生み出すより柔軟で自然な具体的イメージに満ちている。飯島の作品は、その語法や論理的脈絡において決して平易ではない。にもかかわらず、私たち読者のうちに実に安々とそのイメージを定着させ、その詩的論理を受け入れさせるものこそ、飯島が生得的に備えているリズム・テンポなのだ。

このリズム・テンポはそれぞれの語が自然のうちに内包しているものを、飯島の感性を通して自発的に顕現させたものであろう。この自然なリズムが、読者のうちに飯島耕一固有のポエジーを呼びおこす。こうした固有のリズムの最初のあらわれこそ、二章の作品であろう。このリズムについて、清岡卓行は「詩における言葉の流れのリズム」は「時として、詩人における現実と夢のかかわり方そのもの、一種の無私を感じさせる詩人の根源的な生の歩みそのものを、自然に伝えてくるようにも思われた」(「飯島耕一の詩」)と書いている。

『他人の空』の一章と二章との違いで、もう一つ誰しも気づくことがある。それが、二章に入って登場する〈ひと〉の問題だ。本質的な意味でのもう一人の〈ひと〉、つまり愛の対象としての女性が初めて登場するのだ。次の二篇を見てみよう。

おまえの探している場所に
僕はいないだろう。
僕の探している場所に
おまえはいないだろう。

この広い空間で
まちがいなく出会うためには、
一つしか途はない。
その途についてすでにおまえは考えはじめている。
(「探す」全篇)

やがて僕らも一つの音をききわける。
器物のふれあうかすかな音のなかに。
風の歩み去る音、
水を漕ぎわける櫂が作る音のなかに。
僕らの内なる音のなかに。

そのなかに一つの途を探す。
そこに一人の女の顔を探す。
途は数知れずある。
けれども僕らの選んだ途が一つであるように。

（「途」全篇）

この二篇は、「見る」「一回」という作品とともに、いわば短篇連作という形で、二章の中でも独特の小世界を形成している。表題からも明らかなように、世界と自分とを繋げる「途」を「探す」意志と気配にみちた連作である。そして、世界と自分とを繋げる通路こそが、本質的な意味での〈ひと〉なのである。ここで、「おまえ」「一人の女」と呼ばれている存在が、一章に現れた「彼」「人たち」「女たち」「君」といった人称とは明らかに異質な、特定の〈ひと〉を示していることは言うまでもない。それは、激しい違和にみちた世界と自分とを繋ぐことができるかもしれぬ唯一の通路（「一つしか途はない。」）を提示できる存在である。

「探す」の一連から明らかなように、「おまえ」と「僕」はそれぞれに孤立した別の存在である。孤立した存在であるからこそ、〈ひと〉を通して世界に繋ぎ止められたいという熱い希望が生れる。だからこそ、「その途についてすでにおまえは考えはじめている」のだろう。この二篇の二連同士は、奇妙なほど一致した印象を与える。全く同じ内容を別の角度から述べたにすぎないと言ってよいほどだ。あれほど違和を抱いた対象であった世界との繋がりを求めて、飯島はもう一人の〈ひと〉を探す方途を真剣に考え始めたのである。

それでは、もう一人の〈ひと〉と、飯島が刻印づけられていた〈空〉とは、一体どのような関係にあるのだろう。『他人の空』全体の中でも重要な位置を占め、また、二章の表題作ともなった秀作「切り抜かれた空」に、その関係が象徴的に描かれている。少し長いが、全篇引用してみよう。

彼女は僕の見たことのない空を
蔵い込んでいる。
記憶の中の
幾枚かの切り抜かれた空。

時々階段を上って来て
大事そうに
一枚一枚を手渡してくれる。

空には一つの沼があって
そこには
いろいろなものが棲んでいると云う。

そこに一度きりしか通過したことのない
小さな木造の駅があって、
草履袋をもった
小学生が
しゃがんでいたりする。

ついで彼女は
失くしてしまった空の方に
もっと澄んだのがあったとも云った。

これもまた、柔軟で伸びやかなリズムと具体的で鮮明なイメージを持った作品である。あの廃墟の〈空〉に決定的に刻印づけられた飯島にとって、敗戦後の空が「埃まみれの空」「呪われた空」に見えたのはむしろ当然のことであった。街が復興されつつある時代の空が、廃墟の空の、あのアッケラカンとした純粋さを持たないと感じられるのは無理からぬことだ。だが、〈空〉に決定的に刻印づけられた彼は、廃墟の〈空〉を求め続けねばならぬ。なぜなら、そこにこそ彼の存在の根源的基盤があるのだから。

一体、あの廃墟の〈空〉はどこに行ってしまったのか。ここに初めて、もう一人の〈ひと〉が登場する。自分の〈空〉は疲れ切っている。呪われている。そう感じてもなお、〈空〉への愛着を断ち切れぬ時、人は〈他人の空〉を、愛する〈ひと〉の持っている（あるいは持っていたかもしれぬ）「もっと澄んだ空」を希求するのではないか。

『他人の空』の一章と二章とでは、〈空〉に対する飯島の態度が微妙にしかしはっきりと異なっている。その意味でも飯島が一章と二章のタイトルをそれぞれ、「他人の空」と「切り抜かれた空」からとったことは意義深い。

もう一度、「他人の空」を思い出してみよう。「石を食ったようにあたまをかかえている」空、「物思いにふけっている」空。ここには、廃墟の〈空〉と対比しての、現実の〈空〉に対する言いしれぬ違和感が表出されている。「血は空に／他人のようにめぐっている」。

あの、自らの存在の基盤であった〈空〉、自他の区別のないほど親しげに存在していた〈空〉。それが今では、果てしれぬ遠さを隔てた〈他人の空〉でしかない。「埃まみれの」「可哀そうな」「おびただしい血の乾かぬ」「呪われた」（「埃まみれの空」）〈空〉でしかない。この疎外感、岩田宏の命名を借りれば「放心の姿勢」、現実の〈空〉に対する激しい違和感。こういった傾向が、一章には顕著に見られる。

ところが、二章の「切り抜かれた空」になると、現実の〈空〉に対する違和感は失われていないにせよ、もっと積極的に、〈他人の空〉を通して自分の〈空〉を発見したいという希求が見てとれる。本質的な〈他人〉であるもう一人の〈ひと〉＝「彼女」は、「僕の見たことのない空を／蔵い込んでいる」存在である。そして「記憶の中の／幾枚かの切り抜かれた空」の「一枚一枚を手渡してくれる」存在でもある。

さらに最後の三行。「ついで彼女は／失くしてしまった空の方に／もっと澄んだのがあったとも云った。」ここに象徴的に語られている通り、〈他人〉を通してあの廃墟の〈空〉にもう一度繋がりたいという飯島の強い「希望」を聞き取ることができるはずだ。むしろ〈他人の空〉の中に〈自分の空〉を見つけ出そうとする本質的な「希望」のうたこそ、「切り抜かれた空」だったのである。

1　〈愛〉の登場

詩作品は、何の註解も予備知識もなしに読まれねばならない。それにもかかわらず、作者自身の足跡、あるいは著作の歴史を知ってこそ見えてくる部分があるのも、また確かな事実だろう。それ以前の作品、あるいはそれ以後の作品を読むことによって、それらに照射されてある作品がまた別の角度から新しい様相を呈して浮かび上がってくるのは、誰もが経験する作品受容の仕方ではないだろうか。

飯島耕一の足跡を考慮に入れた上で『わが母音』を虚心に読んでみると、『他人の空』の二章で初めて控え目に登場した〈ひと〉が、『わが母音』ではより鮮明な形で、しかも詩集の冒頭から出現することがはっきり見えてくる。

まるい小石を蹴るように最初の母音を蹴りながら
ぼくは今日も雑踏のうちにまぎれこむ。

雑踏のなかにいても　一人は一人であることができ
一人は一人を愛することができる。
そして二人でつくった
まだ秘密の愛の誓いのように
ぼくはわが母音をひそかに培い、忘れて見失わぬ
術《すべ》をおぼえる。

（「わが母音」最終部分）

この作品の、「雑踏のなかにいても　一人は一人であることができ／一人は一人を愛することができる。」という表現こそ、『他人の空』の「探す」と同じ内容を換言したにすぎないように見えるけれども、その後の「そして二人でつくった／まだ秘密の愛の誓いのように／ぼくはわが母音をひそかに培い、忘れて見失わぬ／術《すべ》をおぼえる。」という詩句から、二人はすでに決定的な出会いを経て、そればかりか親密な精神共同体を形づくっている様子が読み取れる。もっともそれは、「まだ秘密の愛の誓い」なのではあるが……。ここにおいて初めて、「愛」ということばが、羞恥をもってだが高らかに宣言される。因みに、『他人の空』の中では、「愛」ということばは一度も使われていない。

眼をとじると　オーケストラの
階段のうえの方で、
ぼくの恋人は若くて
キラキラかがやく三角形の金属楽器をかかえ
決定的な瞬間を待っているはずだ。
彼女も　見えないものを見る。
彼女も　火の色をたもつ。
……………………
……………………
（「見えないものを見る」最終部分）

この詩篇では、最終部分でやや唐突に「ぼくの恋人」が「キラキラかがやく三角形の金属楽器をかかえ」て登場する。そして、「彼女も見えないものを見る」ために「世界に生まれ」る「決定的な瞬間を待っている」。この「見えないもの」とは何か。それは、この作品の主題に関わるが、すでに作品冒頭に提示されている。

……………………………

雪というイマージュが
泥濘としか結ぼれようとしない
かわいそうなやつら。
眼をとじたとき
最初にこみあげるイマージュが
ぼくらの　魂の色だ。

この作品では、「雪というイマージュが／泥濘としか結ぼれようとしない／かわいそうなやつら。」「いためつけられた夢ばかりを／培っている／あいつたち」「悧口なやつら」と、「ぼくら」が対立的に描かれている。前者は、「雪」から「泥濘」をしか連想しない、いわば見えるものだけを見る者たち、悲惨な過去に拘泥する者たちであるのに対し、「ぼくら」は、「見えないもの」すなわち「魂の色」である「眼をとじたとき／最初にこみあげるイマージュ」を見ようとする者たちである。全篇にみなぎる前者への激しい批判は、「魂の色」を見ようとする強い意志の裏打ちがあってのことだろう。

見えるものだけを信じ、過去の体験だけに拘泥し続ける者たちには、世界の全体像は見えて来ない。「魂の色」を見ようとする者、つまり全身でもって想像力を駆使しようとする者のみに「火の色、雪の色」が、世界の本質が見えて来るはずだ。「あいつたちも死ぬ。」、「ぼくらも死ぬ。ただぼくらは／汚ならしい希望に／だいなしにされて死ぬのではないのだ。」

こうした文脈のなかに突如「ぼくの恋人」が登場する。もちろん、「ぼくら」の一員として、「見えないものを見る」者として——。ここでは何よりも世界認識の方法、世界に対する態度が問題とされている。〈愛〉は、当事者同士の内閉的な体験のうちにはなく、世界に開かれた認識、想像力を駆使して世界の全体像を見ようとする意志のうちにあるのだ。

森のなかにいて　そのとき
ぼくは類のない一人の女を思っていた。
彼女は　森と一つのものだった。
彼女の苦悩や　顔のかげりさえ
森のあらゆるニュアンスに似ていた。
森は昼の苦悩、夜の苦悩を抱いていた。
彼女が瞼をあげると　森はいっそうかがやかしい色を結んだ。
彼女のなかに森の日と夜があるのだ。

視線は木々や鳥や拡がる空に
やさしい心情をあたえ、
彼女の芳わしい口が　息を吹きこんで
生気あるものとした大地と　森の肉体を
ぼくは全身に感じていた。
ぼくは過ぎ去った一つの夏に
単純でかがやくばかりのひとと昼間を知っていた。
ぼくの心も　それらのすべてを
受け容れるだけに単純だった。

（「森の色」二連）

とりたてて優れた詩とは言えないが、飯島耕一固有の自然なリズムは、読み手のうちにひとりでに入ってくる。こうした生得的なリズムと平易な用語によって「森と一つのもの」である「一人の女」が読み手にまざまざと実感される。ここにおいて、「一人の女」は個を超えて、「森」そのものの神話的女性にまで高められている。いや「森」そのものどころか、あくまで「森」は一つの比喩であって、その意味では、この「類のない一人の女」は〈世界〉そのものだ。「一人の女」の中に全世界を見、「一人の女」が持つ全世界をまるごと受容しようとする、まぎれもない愛の讃歌だ。ただし、この作品の第三連では、「それらの季節が　今どこの地平をめぐったか／ぼくが何で知りえよう。」「あれは現実であったか　現実でなかったか」といった、愛への懐疑もうたわれるのだけれど、それゆえにこそ第二連の愛の神話性がより輝きを増すのだ。

飯島耕一は、決して〈愛〉の詩人ではない。事実、彼に〈愛〉を主題とする作品は少ない。しかしながら、〈愛〉が彼固有の世界認識や倫理的な姿勢に繋っていることから明らかなように、彼の詩作品の背後にはいつもどこかで〈愛〉の主題が鳴り響いている。その意味で、〈愛〉の主題は、その後の彼の作品の主題を静かにしかも確乎として支え続ける通奏低音の役割を果たしている。繰り返すが、飯島にあっては、〈愛〉は一つの体験のうちにあるのではなく、世界に対する認識、世界に対する態度のうちに存在するのだ。

2　〈ことば〉の所有宣言

『わが母音』が『他人の空』の作品世界を実に素直な形で受け継いでいる第二の理由は、〈ことば〉の問題である。今回もまた、詩集の命名が極めて象徴的だ。『他人の空』に対して、『わが母音』。〈母音〉は〈ことば〉と同義と考えてよいから、このタイトルは、〈ことば〉の所有宣言と受け取ることが可能だ。〈空〉から〈ことば〉へ。「他人の」から「わが」へ。この推移はどうしておこったのだろうか。

『他人の空』の巻末には、そのものズバリ、「言葉について」という作品が置かれ、それが『わが母音』巻頭の表題作にまっすぐ続いている。

僕は、七月の日の光と青空を
追っかけて歩いた。
破れて穴のあいた舗石を踏んで……
僕は
大声で歌って歩いたのだった。
大声で言ってはならない　ひとびとの薔薇の言葉を……
(こんなによくない時代であったから)
ひとびとは鶏のように眠ったふりをして、
だが決して忘れたことのなかった言葉を。
影をつけたビルの窓々にいて、

熾《おき》のように消えることのなかった言葉を。
長い抽出しの中で羽搏いている
風と炎と鳥たちの明日の言葉を。

でも彼らは枯れた樹木の腕のように蹲まっていた。
小さな獣らの足跡は踏みにじられたので……
彼らは曲った鉄骨の上の赤い信号旗のように疲れていた。
ねじまげられた数えきれない言葉のことを思ったので。
再び　おそろしい軍靴の響きを聞いたように思ったので……

（「言葉について」二・三連）

『他人の空』で、〈ことば〉を主題にしているのはこの作品だけである。しかし、ここで扱われている〈ことば〉はまだマイナスのイメージが強い。確かに「薔薇の言葉」「風と炎と鳥たちの明日の言葉」と言った詩句からは、未来をめざす明るい響きが聞き取れる。だがそれは、「大声で言ってはならない」言葉なのだ。第三連の「おそろしい軍靴の響き」といった直接的な表現を待つまでもなく、戦時中の現実が色濃い影を落としていることを容易に読み取ることができるはずだ。さらに、「僕」の孤立も明らかだ。「僕」一人が「大声で歌って歩いた」だけであって、「彼らは枯れた樹木の腕のように蹲まっていた」にすぎない。ここで、〈ことば〉はまだ〈人々〉の胸に届いてはいない。

ところが、「わが母音」になると、その調子が一転する。高らかな〈希望のうた〉が響き出すのである。少し長いが、ここはぜひ全篇を引用しよう。

純粋な
母音の空間に生れるもの。
不在であるために
いっそうぼくを駆りたてる
いくつもの夢。
ぼくらは繰返すことしかできないが
繰返しのなかに
とある暁の最初の母音のように
響きあうイマージュがある。
わが母音は

ぼくらがすばらしく生きる力を妨げる
あの首くくるような悔恨よりも強力だ。
それは光を追う透明さを持つから
ぼくらは何度も見失いがちになる。

澄んだ母音を見つけることが
ぼくらの日課の色どりであればよい。
それは恐ろしい現実にたち向かう
ぼくらの　幸福すぎる
権利なのだ。
まるい小石を蹴るように最初の母音を蹴りながら
ぼくは今日も雑踏のうちにまぎれこむ。
雑踏のなかにいても　一人は一人であることができ
一人は一人を愛することができる。
そして二人でつくった
まだ秘密の愛の誓いのように

ぼくはわが母音をひそかに培い、忘れて見失わぬ
術《すべ》をおぼえる。

自己肯定的な、高らかな宣言としてのことばの漲りが、誰にも感じ取れるはずだ。この伸びやかな調子が、先に引用した「言葉について」とは何よりも大きく異なっている。「わが母音は」「あの首くるような悔恨よりも強力だ。」「澄んだ母音を見つけることが」「ぼくらの　幸福すぎる／権利なのだ。」といった表現からは、詩人の明らかな魂の高揚が聞こえてくる。ここには、生きることへの強い意志と希望が歌われている。

「母音」とは、言語学上の用法を遙かに超えて、〈ことば〉というもののいわば純粋状態を指し示すものだろう。「わが母音」というタイトルが、アルチュール・ランボーの「母音」を意識したものであるとしても、そこにわざわざ「わが」と重ねたのは、ランボーに対抗して「私の」という以上の、さらに積極的な理由があってのことに違いない。ここには、正に〈ことば〉の所有宣言――己の〈ことば〉を獲得することが、そのまま詩法の獲得であることはもちろん、同時に「現実にたち向かう」って生きることそのものであるといった意志表明――が強い決意をもって述べられている。

飯島耕一自身、詩集『わが母音』の「あとがき」で次のように書いている。

ぼくはぼくの現実的で想像的な世界を、観察し、歌おうとするよりも、はるかにそこにふみこんで行こうと試みた。そしてその歩み方がぼくの詩のリズムとなることをのぞんだ。ぼくの詩に不均衡な印象がつきまとつているとしたら、それはただちにぼくの歩み方が不均衡であるためにほかならないだろう。その不均衡を強いるのがあるいは時代の影響であるとしても、ぼくは自分の方法にそうしたものをこえる強さを恢復したいと思う。想像的であり同時に現実的な「現存するもの」を自分に引留め、かがやかしいものに変身させたいという意識は、これらの詩を書いた時期に、ぼくに切実なものであつた。しかしぼくは自分の詩がメタフィジックな意味で蔽われることを欲しない。冒頭の詩「わが母音」はぼくの「詩法」(art poëtique)であるといえる。

ここには、詩と散文という違いこそあれ、「わが母音」と全く同じトーンが響いている。「想像的」なものと「現実的」なものとの合一——それは、詩人にとってともに「現存するもの」であるという地平において、合一可能なものであるはずだ。そして、この「現存するもの」の地点から「恐ろしい現実にたち向かう」ための武器として、詩人は〈ことば〉を発見したのである。しかし、ここではたたかいに向けての宣言をしたにすぎなくて(つまり、〈現実〉に対する宣戦布告の段階で)、未だ実戦にはついてはいない。しかし、いずれこの実戦報告はなされるはずで、事実、「わが母音」

の次に置かれた「見えないものを見る」以降は、その趣きが強くなってくる。

僕は一つのかたい種子を探した。
それは嘘の言葉のなかの
一行の沈黙のようだった。
その種子は屢々見えなくなった。
すると僕はやたらに歩きまわっていた。
歩きまわることによって、
僕は生きていることをたしかめねばならなかった。
「昨日足で歩いたら、今日は手で歩く」
男のやり方で。
種子は泥のなかに落ちた。
雪どけの泥のなかに。
僕自身の内なる泥のなかに。
言葉は種子を裏切ってばかり発音された。
僕は無口になった。暗のなかの樹木のまえで。

揺れながら一日は落ちた。身ぶるいして。
僕はそのあとで
「死」を理解しはじめた。
種子に還元した生を。
種子に還元した生を
引留めるために
「死」のひろがりを
到る所に見た。

（「種子」全篇）

「『わが母音』の陰画に当るような詩篇」（「見出された母音——飯島耕一」）と篠田一士が指摘した通り、一転して沈鬱な響きに満ちた作品である。この詩に登場してくる「種子」—「沈黙」—「無口」—「死」といった要素は、「わが母音」の「母音」—「夢」—「イマージュ」—「権利」—「愛」といった要素のほとんど対立概念と言ってよい。しかし、ここで注意しなければならないのは、「母音」に対立するものとして「種子」が置かれているのではないことだ。

確かに一見、「母音」の豊饒さに対立する「沈黙」が歌われているように思われる。だが、〈ことば〉に対する態度こそを見なければならない。「わが母音」では、あれほど〈ことば〉に対する信仰告白がなされていたのだが、ここでの〈ことば〉は「嘘の言葉のなかの／一行の沈黙」、「言葉は種子を裏切ってばかり発音された」といった表現から類推されるように、もはや信じられるものとしての地位を失ってしまったのだろうか。

いや、それは違う。もう一度詩集の「あとがき」のことばを考えてみよう。つまり、「想像的」な次元における言語観の表れが「わが母音」であるとするならば、「現実的」な次元での言語観を描出したものが「種子」であると見ることができる。そして、この二つの次元を融合する「現存するもの」を求めての彷徨が、飯島耕一の詩法となる。しかし、この融合がそんなに容易に起こりうるものではないことは、飯島自身が一番よく知り尽くしていた。事実、『わが母音』の多くの詩篇では、「想像的」なものと「現実的」なものとの間の揺れ動きがジクザグな歩みとなって現れている。たとえば、〈ことば〉の問題を大きく扱っているもう一つの詩篇――。

ことばたちよ蘇れ。
人々は耳の穴に紙屑やパン屑で
かたいつめものをして、用心して

いろいろのことを　きかないようにしてきたから。

（「風が吹いたら」四連部分）

現実のとげの　真只中で
生きぬくことばが、
ぼくらの　一人一人の顔を見分けた。

（同、五連部分）

こうしたことばのうちに、苦渋に満ちたジグザグの歩行の響きが聞こえてこないだろうか。「恐ろしい現実にたち向かう」ための武器が〈ことば〉しかないと知った時、人は詩人になる。ここにおいて、世界を探索する過程と〈ことば〉を所有する過程――つまり詩法の確立の過程――とが全き一致を見せる。『わが母音』こそは、詩人が生涯に一度しか持ち得ない幸福な詩集なのだ。

『他人の空』で飯島は、戦後の〈空〉に対する激しい違和を、始源の〈空〉、廃墟の〈空〉を夢見る視点から鮮烈に描出してみせた。ある意味で、批判――違和の表出――はたやすい。問題は、その違和を越えてどう自分にとっての「現存するもの」を創造するかだろう。それは、〈ことば〉を自己の裡なるものとして再獲得することによってしかないと飯島が知った時、「わが母音」が彼の裡に高らかに鳴り響いたのである。
飯島耕一自身、「昭和五年生れの一詩人の胸のうち」の中で、この問題について強い調子で書いている。

都市も繁栄も一種のことばである。人間が言語像であるように、都市や繁栄は言語像でもあるが、それはぼくの内なる言語と波長が合わない。（略）ぼくにはこれに対抗するに、ことばしかない。ことばで都市をつくる以外にない。これがぼくの詩の理由だ。

ここに、飯島耕一の詩人としての真正さがあることに間違いはない。なぜなら、平出隆も言うように、「詩は言葉の響きの中に世界の響きを見出すものだから」（『現代の詩人10　飯島耕一』）だ。

3　〈希望〉のうた

『わが母音』が、『他人の空』の、とりわけ二章の作品世界の延長線上に位置するものであることを、〈愛〉と〈ことば〉という二つの側面から見てきた。『他人の空』の二章の作品が〈他人の空〉の中に〈自分の空〉を発見しようとする〈希望〉の試みであるならば、飯島が次になすべきことは〈愛〉と〈ことば〉についての〈希望〉のうたを歌うことであったはずだ。事実、〈希望〉のうたは前に見たとおり詩集巻頭の表題作からすでに高らかに鳴り響いていた。

「澄んだ母音を見つけることが／ぼくらの日課の色どりであればよい。／それは恐ろしい現実にたち向かう／ぼくらの　幸福すぎる／権利なのだ。」といった詩句には、『他人の空』の二章にも見られなかった、さらに伸びやかな魂の高揚が固有のリズムにのって定着されている。飯島耕一自身が「ぼくの「詩法」(art poétique)である」と宣言した作品だけあって、この響きは詩集に一貫して鳴り渡る主調音となっているが、やや抽象的な表現であることは事実だろう。そこで、この問題をさらに具体的に、飯島自身の思考の歩みを辿ったかのようなリズムを持つ詩篇「絶望の色を切り離す手」で見てみよう。

ぼくらは見るのだ。一番美しい花
高い塔　純粋な空を
人々の絶望の色、衰えた心を打消すために。
ぼくは見るだろう。

花をつけるまえの　りんごの枝に
かくされた心臓。カードをする人の
手のなかの札。
死んだ獣の屍体のうえに
かぶせられた
生きて呼吸し　ふくれて行く
美しい大地。

（「絶望の色を切り離す手」冒頭部）

こうした詩句から、私たちは何を聞き取るべきだろうか。詩人の楽天的な現実適応の態度だろうか。逆に、現実からの逃避だろうか。事実、これらの詩篇に対して発表当時、楽天的すぎるという批判が浴びせられた。確かに引用部や、「わが母音」の詩句の表面的な意味を辿る限り、この批判は一見正当なものに思われる。飯島は、『他人の空』の特に一章に表れていた〈現実〉に対する違和の病から癒えたのであろうか。

いや、そんなはずはあるまい。少年期に〈廃墟の空〉〈始源の空〉によって決定的に刻印づけられたことによる〈戦後の空〉への激しい違和感は、時の経過とともに治癒するといった生易しい性質のものではなかったはずだ。〈戦後の空〉との安易な和解は、自己の根源的生の否定に繫がる。詩人は、良し悪しにかかわらず、自己の根源的生への徹底的なこだわりによってしか固有の表現を産み出し得ないものなのだ。

事実、戦後的〈現実〉に対する違和感ならば、『わが母音』のここかしこから拾い出すことができる。

ぼくには　今日すべての死が
不当に見える。
ぼくには　海難報告書に記入されたまま、
帰ってこない者たちのことが
難解だ。
ぼくは人間たちが　いかに多くの
不当さに試練に　とり囲まれて生きているかに
おどろく。

（「不幸に耐える人々」二連部分）

同じ地に　同じ時代に生まれたことが

人々の苦しみとおそれを等しくし、
僕らの傷を　同じ深さで　裂いて行く。

（「青空が遠くまで」三連部分）

こうした詩句から、〈現実〉に対する激しい違和感を読み取らない方が難しい。にもかかわらずの批判は、逆に、いかに当時〈希望〉のうたが衝撃をもって人々の胸に高らかに響いたかを物語っていよう。ここには、時代や歴史的状況と真正面から向き合わねばいられない、この詩人の生理さえ読み取れる。『他人の空』の、特に一章での現実認識と等質のものが確実に聞こえてくるはずだ。ただし、何度も述べるようにリズムは別のものだ。『他人の空』では、無骨な、むしろゴツゴツしたリズムによって、かえってことばは元素としての、原型としての重みを体得していた。だが、『わが母音』ではことばはさらに柔軟になり、日常語に、口語に近づく。それによってことばは、詩人の生き生きとした思考の歩みを、その息吹きまで添えて伝えることに成功している。

リズムの問題のほかに、〈現実〉に対する違和の質もかなりの変化を見せている。『他人の空』でのそれは、〈廃墟の空〉、〈始源の空〉を思春期に見てしまったことに起因する精神的、抽象的な違和であったのだが、『わが母音』ではそれに加えて、やや質の違うより具体的、肉体的な次元での違和も目立ってくるようになる。

火曜日が来ると
また一人が
搬ばれて手術台のうえに。
太陽は確固として　黄色い
レモンのようにころがって行き、
カレンダーの
火曜日の日付のうえで
止まる。
芳わしい聖火曜日。
また次の一人が
血まみれの
手術台の方にころがって行く。

（「聖火曜日」一連）

こうした詩句には、飯島の個人的・肉体的な体験がそのまま反映している。すなわち、昭和二十九年（『わが母音』刊行の前年）、「結核発病、清瀬病院で右上葉の肺切除手術を受ける」（「年譜」）。この体験で、抽象的・精神的な次元のものであった〈現実〉に対する違和は、「病巣」という形をとって具体的・肉体的な違和としても出現したのだ。まさに違和という病を、精神的にも肉体的にも内に抱え込んだのである。

肉体的な違和の直接的な描写は、「傷ついた／肺の病巣をつぶすために、／切り倒された杉の木立よりも／ひっそりと／動かない男たち　女たちがいる。」（「不幸に耐える人々」）、「そして火曜日の／手術日の午後の／安静時間には／電気メスのスイッチが入るたびに／ジージーと／雑音がうなり出す。」（「詩人の魂」）といった詩句に読むことができる。

では、なぜ飯島は、精神的な違和までか肉体的な違和までも自らの内部に抱え持ちながら、「わが母音」や「絶望の色を切り離す手」などに明らかに鳴り響く、あの〈希望〉のうたを歌うことができたのか。やはり、ここに、この詩人の固有の楽天性を見るべきなのか。そこで、この〈希望〉ということばの内実に踏み込む必要が出てくる。

飯島耕一は、先に引用した「昭和五年生れの一詩人の胸のうち」の中で、引用部に続いて次のように書いている。

繁栄都市の讃歌はぼくには書けない。アシッシュをのんで（アシッシュを小林秀雄は毒と訳したが、ぼくは薬と訳す）ランボーは『イリュミナシオン』で彼の幻の都市を建設した。ぼくはこうしてある種の未来設計者や建築家にうとましいものをおぼえる。おぼえなくなったらぼくは詩とわかれるだろう。一切の現実の都市や建築をパン屑のように幻影化せしめて、ぼくは自分の都市をきずく。（略）まさに自分の欲望が実現されていないがゆえに、希望をもつ。

飯島が明言する通り、〈現実〉に対する違和感こそが〈希望〉の淵源なのだ。いやむしろ、この精神的であると同時に肉体的でもある違和感の克服こそ、飯島にとっての〈希望〉のうたなのである。こうした構図はすでに『他人の空』の二章でも見られたのだけれど、それは、まだ弱々しい萌芽の状態にすぎなかった。しかし、『わが母音』においては、結核という肉体的試練を経てより具体的・現実的に違和を抱え込んだために、逆に、より強く〈希望〉への希求が高まったと考えられる。つまり、飯島の〈希望〉は抽象的・精神的な次元のものにすぎなかったのが、具体的・肉体的な裏打ちを得ることによってより強靭なものとして噴出したのである。

飯島耕一は、『わが母音』において、現実に存在するものへの激しい〈違和〉の意識と、それを越えるあるべき存在への熱い〈希望〉との間のジグザグの歩みを、ことばによって定着しようとした。生き生きとした思考の歩みがわたしたち読み手に伝わってくるのは、この現実に存在するものへの〈違和〉と、それを越えるあるべきものへの〈希望〉とが、多くの詩篇のうちに交互に表出されるからだろう。

「絶望の色を切り離す手」の、先程の引用部の少し後を見てみよう。

泥《なず》んだ世界にも　馴れ親しむことのできた
ぼくらの　過去の恥しい部分。
物狂おしい情慾の時。
それらの　暗《やみ》に繁殖する恥を
開放する光をぼくはおそれまい。
ことばを裏切りやすいのは
あいまいな暗い誠実、
ぼくらはゆたかな沈黙を愛するが
黙りこくった時を愛さない。
ぼくらは本来光に向かうように造られているのだ。
ぼくらは避けがたく　絶望の色を切離《ママ》す手をもつ。

否定的な現実が表現されて、それを乗り越えるべき希望が述べられるという構図が繰り返される。

まず「過去の恥しい部分。」「物狂おしい情慾の時。」と書かれた後で、「それらの　暗《やみ》に繁殖する恥を／開放する光」が語られる。「あいまいな暗い誠実」「黙りこくった時」に対して、「ゆたかな沈黙」や「光」が止揚される。こうした構図は、この作品に限らない。

「見えないものを見る」では、否定されるべき存在として「雪というイマージュが／泥濘としか結ぼれようとしない／かわいそうなやつら。」や「いためつけられた夢ばかりを／培っている／あいつたち」が描かれ、「眼をとじたとき／最初にこみあげるイマージュ」である「ぼくらの　魂の色」が強く肯定される。高らかな〈希望〉を歌った「わが母音」にさえ、「首くるような悔恨」や「恐ろしい現実」という表現が紛れこんでいる。

もちろん、作品によってどちらかに比重がかかっているものがあることは言うまでもない。たとえば、「わが母音」にしても、否定されるべき現実の要素が皆無とは言えないけれども、やはり作品全体としては高らかな〈希望〉を歌ったものであることは間違いない。逆に、「聖火曜日」や「詩人の魂」のように、現実に対する〈違和〉の表出だけで終わっている作品もある。しかし、基本的に『わが母音』の諸篇が、現実への〈違和〉とそれを超克すべき〈希望〉との間の往復運動を見せながら、結果的に〈希望〉の側への大きな跳躍を見せていることは、誰の目にも明らかであろう。

この二つのヴェクトルを、『わが母音』の「あとがき」の表現を借りて「現実的」なものと「想像的」なものと言い換えてもよいが、いずれにせよこの二つのヴェクトルの間での往復運動は、一篇の作品の中での思考のジグザグの歩みだけではなく、もっと大きなうねりとなって飯島耕一の詩の歩みを支配していることは指摘しておいてよいだろう。つまり、現実への激しい〈違和〉の感情を表出したものこそ『他人の空』の、特に一章の作品群であり、二章から少しずつ変化を見せてきて、あるべきものへの熱い〈希望〉が一挙に噴き出したものこそ『わが母音』の詩篇であっただろう。

飯島自身「シュルレアリスム詩論序説」の中で、「ぼくは必要以上に希望の身ぶりと絶望の身ぶりをつかいわけてきたように思う。(略) あっちにふらふらこっちにふらふらとまことに分裂的な生き方だが、この分裂からぬけ出さねばならないという強迫観念——それが今はぼくをつき動かして詩を考えさせる。詩はいつでも、バラバラのものを一つにしようとする欲望としてぼくのまえにある。」と書いている。『わが母音』の「あとがき」の中の「想像的であり同時に現実的な『現存するもの』を自分に引留め、かがやかしいものに変身させたい」という表現も同じことを表白したものだろう。

『わが母音』に繰り返し響き渡る〈希望〉のうたも、本能的、感覚的な幸福の全体的希求であるという面も否定しえないにしても、それ以上に自ら選び取った意志的な「対現実態度」の表現という文脈でこそ聞き取るべき旋律であろう。つまり、〈現実〉に目をつぶった形でのやみくもな生命讃歌ではなく、そうした〈現実〉に激しい違和を感じた上での決然とした〈希望のうた〉、〈意志のうた〉であるということだ。飯島の作品が世代を越えて胸を打つのは、こうした彼の倫理的な姿勢に負うところが大きいに違いない。

〈希望〉のうた、〈たたかい〉のうた――というより、その宣言――であった「わが母音」を受けて、八年後の昭和三十八年に第四詩集『何処へ』が刊行される。ここでは、〈現実〉との悪戦苦闘のさまが苦い認識をもってうたわれている。つまり、現実の事象がそのままに詩篇に取り入れられ、その現実に対する激しい〈違和〉が色濃い〈絶望〉のトーンでうたわれている。しかし、この詩集は単に〈絶望〉をうたっているのではない。むしろ、詩人にとって〈現実〉との絶望的な闘いを戦うことが〈希望〉であって、その意味では〈希望〉はより強靭なものになったとも言える。従って、ことばも〈現実〉によってより厳しく鍛えられ、その屹立性を増している。

飯島耕一の詩の歩みは、時代や状況といった〈現実〉に真正面から対してそれへの激しい〈違和〉を表出する側面と、詩的感性の本能的全開を〈希望〉のうちに高らかに歌う側面との、往復運動のうちに絶えずある。従って、大雑把に言ってしまえば、この両面の交互の表れが詩集ごとに見て取れるのだ。もちろん、この二つの側面があまりに断絶した結果、詩作品としても大きな破綻を見せているものがないわけではなかった。

しかし、逆に、現実に対する〈違和〉を一方的に表出するだけではなく、また、現実に目をつぶってやみくもに〈希望〉のうたを歌うのでもない、真に倫理的、生命肯定的な態度のうちにこそ、飯島耕一の詩の魅力がある。そうでなければ、彼の詩が――現実への苦い認識を歌ったものでさえ

——本質的にわたしたち読者に〈希望〉と〈勇気〉を与え続けるものであることの説明がつかない。こうしたジグザクの歩みのうちにも（時に停滞はあったにしろ）、確実に彼は詩的表現としてもう一段高いレベルを切り拓き続けてきた。そして、「想像的」なものと「現実的」なもののように、容易に一体化することのない二つのものを、高い次元で言語の形において融合しようと挑戦し続ける存在をこそ、わたしたちは詩人と呼ぶのである。

〈家族の肖像〉の推移

——清水昶論

1　『少年』

清水昶は、第二詩集『少年』（一九六九年）で鮮烈なデビューを飾った。タイトルからも明らかな通り、この詩集には自己の裡の〈少年〉に対する強いこだわりがはっきりと読み取れる。この詩人の〈少年〉性への固執についてはすでに多くが述べられてきたが、ここでは、その〈少年〉性をさらに遡って〈家族〉の問題を考えてみたい。清水昶にとっては、自らの〈少年〉性よりも、少年の視点から見た〈家族の肖像〉の方がより根源的な問題と考えられるからである。少年にとって自己を客観視することは不可能に近く、絶えず身近にいる家族を（父を、母を、兄を、弟を、姉を、妹を）鏡として自己を見ることしかできない。自己を知るための鏡としての〈家族〉——ここには当然、アイデンティティの問題も絡んでくるだろう。まずは、詩集のタイトルともなった作品「少年」から見てみよう。

いのちを吸う泥田の深みから腰をあげ
鬚にまつわる陽射しをぬぐい
影の顔でふりむいた若い父
風土病から手をのばしまだ青いトマトを食べながら
声をたてずに笑っていた若い母
そのころからわたしは
パンがはげしい痛みでこねられていることを知り
あざ笑う麦のうねり疲労が密集するやせた土地
おびえきった鶏が不安の砂をはねながら
火のように呼ぶ太陽に殺《そ》りあがる一日の目覚めに
憎しみを持つ少年になった

（「少年」前半）

特に最初の五行、「影の顔でふりむいた若い父」、「声をたてずに笑っていた若い母」は、〈少年〉の視線で捉えられた父母の姿である。それに対して、六行目の「そのころからわたしは」以降は、作品が書かれた時点での作者から見た「わたし」の肖像であろう。このような視点の移動はあるものの、作者の裡で一貫して自己の幼年時代に対する強い興味があることは明らかである。いや、それは、強い興味と言うよりは、いっそ執着と言ってしまってよい。自己の少年期へのこだわりは、結局、〈わたし〉へのこだわりを表している。

〈わたし〉はどこから来たのか、〈わたし〉はどのように形成されたのか、この問いに対する答えを、詩人は自己の少年期に見出そうとする。もちろん、答えは見つかりはしまい。しかし、問い続けることこそが、本質的に答え続けることなのだ。かくして、清水昶の詩は、〈わたし〉の来歴と現状とを一篇の詩のうちに繋ぐ行為として、読者の前に姿を現す。すなわち、単なる〈少年期〉への懐古にとどまるのでは断じてなく、そこには〈現在〉という「時間の裂け目」に抜ける通路が必ずと言ってよいほど設定されているということだ。因みに「少年」の終結部を引こう。

生活の鬚を剃り落とすたしかな朝
きれいなタオルを持った少年は
わたしの背後にひっそりとたち
決してふりむくこともなく老いるわたしを
いつまでも

待ちつづける

ここには、前に引用した部分にも増してはっきりと〈現在〉が登場している。少年時代の〈わたし〉と現在の〈わたし〉との分身が語られている。この二人の〈わたし〉の裂け目を冷静に、客観的に見ている作者のもう一つの視線をさえ感じることができる。つまり、詩篇「少年」こそは、清水昶の自画像として読むことが可能な作品なのだ。そして、〈現在〉が「時間の裂け目」と認識される分、少年時代という〈過去〉が「神話」として見えてくるようになる。

このように、詩集『少年』には、一見自己の裡の〈少年〉をうたった作品が目立つのだが、冷静に読んでみると、むしろ少年の目からみた〈家族の肖像〉をうたったものの方がはるかに多い。因みに、作品の中に直接家族（父、母、兄、弟、姉、妹、祖父、祖母）がうたわれた詩篇を数えてみると、『少年』収録の全二十四篇中十六篇にものぼる。『少年』は他面、〈家族の肖像〉をテーマにした詩集でもあったのだ。そのうちで、最初期に書かれた「Happy Birthday」を読んでみよう。

お父さんは知らない
知らない女が
ぼくの描いた漫画のなかで泣いていたこと

兄妹のあいだをまわる
唯一の樫の木の独楽を
星のようにまわしながら死んだ妹のこと
懸命にランプのホヤを拭く母の掌がくらかったこと
陽の匂いを全身にあびて帰って来る
お父さんの背中を
まっ青な家族が見つめていたこと
あなたが作った麦飯を食べたあと
ぼくはつつましく息を呑み言葉をのみ
欠けた茶碗のふちにながいのどをかけ
純粋に死ぬことも出来た

（「Happy Birthday」三連前半）

引用部からだけでは充分に読み取れないかもしれないが、ここには、少年の目から見た家族の肖像がみごとに定着されている。その中でも、特に父に対する敵意と憎悪は、言語表現のうちに透けて見える。いや敵意と憎悪というよりは、将来の自分が父の姿に重なっていくことへの潜在的恐怖と言った方が正確だろう。そして、作品の結末部――。

最後に単純な質問をします
鋭い爪でうらがえした母の闇で
あなたの精子を噛んだ
ぼくの白い歯が光っていたかどうか

この部分は、作品全体の流れから言っていかにも唐突であるし、スタイルも異なり、作品全体の調和も壊している。しかし、作者自身にとっては、作品の調和を破壊してまで問いかけたかった内容であろう。ここで作者は、自身の誕生の契機となった瞬間を見ている。もちろんこれは、ヴィジョンに違いないけれども、作者にとってはどうしても追究しなければならない問題であった。作者の少年期への遡行は、幼年期を飛び越えて一気に誕生へ――生を享けた瞬間へ辿り着いたのである。生を享けた瞬間から逆に現在を見据えての、非常に屈折した「Happy Birthday」である。記憶の中の父に向かって投げつける怨嗟の刃が、自己の生命の出発点に向けられることによって結局は自分自身を傷つけてしまう、きわめて自虐的な「Happy Birthday」でもある。つまり、父への復讐が、一方で自己処罰になってしまっているのだ。これが、作品全体のエネルギーを妙な方向に捩じ曲げている。
「Happy Birthday」は、はじめ第一詩集『長いのど』に収録されたのだが、後に詩集『少年』が編まれるにあたって「水と欲望」「橋」とともに再録された。この事実だけで、作者のこの三作に寄せる自信のほどが明らかになろう。確かに、「Happy Birthday」について言うなら、終結部を除いて、作者が習作期を脱して最初のスタイルを摑みはじめた初々しさと、それゆえのリズムの躍動を感じ取ることができる。イメージも鮮やかであるし、言葉づかいも自然である。しかも、若さだけがもつ情感のみずみずしさが何のてらいもなくひとりでに発露している。まさに、「Happy Birthday」こそは、『長いのど』の習作期的な世界から『少年』の世界を生み出す産道の役割を果たしたのだ。

地平線に蕭然とあらわれるのは
降りつもる雪と虚無を踏み
首のない馬に乗って逃れて来る兄たちの群れ
死んだ妹を愛撫している盲《めしい》た母
歯の朽ちた口腔の森に兜虫を飼い
薄暗く老いていた父

そして
人間の顔をした犬の一群さえ傾く空に向かって遠吠える
流刑の刻《とき》

（「流刑の刻」部分）

この作品では、詩集『少年』のあちこちに散見する、家族に対する共通したイメージがみごとなまでに造型されている。ここにおいて、清水は、個人の過去の伝説化、少年時代の神話化の次元を超えて、〈家族〉そのものの原型への遡行、〈家族〉と自己との関係の原型への追求に至っている。

ここに描かれた〈家族〉のイメージから窺うことのできるのは、血筋という意味合いも含めてどこか血の匂いのする、ギリシア悲劇にも似たさらに土着的、土俗的な神話的家族の肖像である。清水は、自己の裡の血筋を執拗に辿るうちに、自己の少年時代（「少年」）を越え、生を享けた瞬間（「Happy Birthday」）をも越え、神話的、原型的な家族像にまで到り着く。すなわち、個の体験を超えた普遍的な言語表現の方法を確立したのである。

そこに生きそこで死ぬ
亡き父の碑銘を染める

夕焼領　凶作の土地
構えひたひたと後退し
パンの思想を焼けにがい麦を踏め！なあんて
身をこがしながらわたしも死ぬのか
しずかなる収奪の椅子にもたれ
するどくやせた頬を薄い陽にむけて
名ざしの敵を見失う指なき十月
おしよせる冬におびえる眼窠の奥の
輝ける死者の荒野《あれの》にうずくまり
蛇の目をした男が飢える

（「夕焼領」一連）

『少年』に収められた詩篇にみられる、こうした執拗に内面に絡みつきまといついてくるリズムの共通性に気づかざるを得ないだろう。このリズムを快と感じるか不快と感じるかで、読者の清昶に対する評価は決まると言ってよいが、そのリズムは、イメージを次々と重ねてくる、そのことばの連ね方に負っていることは指摘するまでもあるまい。特に「夜の政府に従《つ》いている希望の底でわたし」「祈り崩れるあなたの夜を抱きあげる男わたしは」(「せむし男の肖像」)、「全身の悲哀をあしゆびにあつめてわたしは」(「未明の階級」)といった詩句に頻出する、たたみかけるような語法は、独特のリズムを形成するのに大きな役割を果たしている。

しかも、この瞑い血のリズムは、自己の少年期を遡行し父祖を越えたはるかな過去、神話的過去から連綿と続いている、フツフツと煮えたぎってくる情感の鼓動のゆえでもある。祖父から父へ、父から息子へと、太古から受け継がれてきた血筋のもたらす極めて生理的、生命的なリズムなのだ。従って、このリズムは、外に向けられた高らかな歌声ではなく、むしろ自虐的とも言いたいほど内にこもる、祈りとも呪詛ともつかぬ重畳するリズムにならざるを得ない。そして、この「夕焼領」こそ、父と子の関係を象徴的に描いた秀作の誉れ高い作品である。

長身の父よ　あなたが斃れた凶作の午後
暗い卵はつぎつぎと割れ
爛熟した百の夕陽を吹き流す空を背後
影絵のようにあざやかにわたしは
無人の夕焼領にたつ
燃えほろぶ空　確実に老いる歳月

愛薄いくちびるを閉じ
ひえきった青銅の耳でわたしは聞いた
夜露にぬれる涙の土地の
欲望の底で嚙みあう蛇群のざわめき
朝の食卓から夜の食卓まで
蛇皮をまとい
もがく胎児をはらんで這っていく若い母のあえぎ
あるいは
溺愛の夜深く
蛇を呑んで落ちていく妹の細い悲鳴

長身の父よ
花と名誉が朽ちはてた夕焼領でわたしは
あなたよりも高く性を育て
ゆっくりと満ちてゆく歳月に首をしずめて
暗い肉体に巣喰う

希望を
傷口のようにひらいている

（「夕焼領」二、三連）

この「凶作の土地」の夕焼けには、作者の実体験の重みが強く感じられる。『少年』に繰り返し描かれる「荒地」のイメージがここにもある。「亡き父の碑銘を染める／夕焼領　凶作の土地」で「身をこがしながらわたしも死ぬ」運命かもしれぬその恐怖、父の営為を継ぐことの怖ろしさ。そうした父に対する憎悪にもかかわらず、死によって生じた父に対する哀傷、切情。さらには、血筋から来る父に対する懐かしさや愛情。——そうした情感の高まりがみごとにしかも冷静にうたいあげられている。

二度繰り返される「長身の父よ」という呼びかけが極めて効果的である。そして、三連において、父の死によって少年を脱し青年へ向かうことの決意が静かにしかし決然と宣言される。決して希望に満ちてではない。父の営為を子が継ぐ——太古から繰り返されてきたドラマの普遍性を、それにまつわる愛憎も含めてみごとに描き切った作品と言えるだろう。先に、原型的・神話的と言ったのはまさにこうした意味においてである。

2 『朝の道』

清水昶の第三詩集『朝の道』（一九七一年）は、『少年』の延長線上にある詩集と言えるだろう。この詩集に収められた詩篇の多くは、より滑らかにより精緻になったとはいえ、その用語法、語り口、語彙、リズムなどの点で『少年』に収められた詩篇と共通のものがある。

そこには
毛深い欲望に若い半身をひたして
やさしく狂い咲く母の乳房
狂いきれずにはしゃいでいる野性の妹たち
花を愛して鬼になる父
首を叩き切られて跳ねあがる白色レグホン
吐いている暗い少年
ゆっくりと殺されていく青年《ブルーカラー》たちの両手が無数にあがる
病者の森林がある

（「病者の森林」部分）

これはそのまま『少年』に描かれた、あの神話的家族の肖像だと言ってよい。この作品は、『少年』に散見した〈荒地〉へ(「昨日の土地へ」)「帰っていく」ことをモチーフにしている。修飾句を受ける体言で各行が終わる語法もすでに『少年』にしばしば見られたものだ。こうした、『少年』に見られたテーマ、モチーフ、語法、語彙といったものは、この作品だけではなく、『朝の道』のあちこちに見受けられる。

たとえば、「母たちの骨繁る林にそびえ／恥ずかしげにしなるはだかの男よ」(「花咲町夜話」)や、「背中ばかりで草を食べている小さな父よ」(「草男」)、「きつい酒に渇くのどに繋がり／ながすぎる脱皮にくるしむ長男は／鎌首をくねらせ花びらににた舌を揺らし／妹の曝す乳首をあやうげにめぐる」(「廃市の朝」)といった詩句がそれである。『朝の道』所収の全二十一篇のうち〈家族〉をうたった詩篇(直接に「父、母、兄、弟、姉、妹」という語彙が使われている詩篇)が、十三篇にものぼる事実もそれを裏づけている。

父二六歳
母二〇歳
若い両親は
新鮮な恐怖を生んだ

そのとき
夕ぐれの戦場から帰ってきた男たちの
軍刀がいっせいにひき抜かれ
闇を指して林立する精神が
揺らめくいのちをかこんで車座をつくり
祝いの宴を張った
そのとき
潮のような男たちの
陽にやけた声につつまれ
赤ちゃんは狂暴に昏れていく世界を吸い
すでに
荒らあらしい小さな意志は
だれの所有にも属さないかのように
肉色にもがいていた
（「赤ちゃんたちの夜」一連）

一読して直ちに「Happy Birthday」を連想するであろう。これこそ、自己の誕生の時をうたった詩である。自分を「新鮮な恐怖」と呼ぶところに、「Happy Birthday」でうたわれた複雑に屈折した感情が、まっすぐにこの引用部分に繋がっていることが誰の目にも見えてくる。そして、この誕生は、三連の「あれから数千の夜が流れた／ぬくもりのない夜から夜へ／濁流が洗う年齢を踏んでわたしは／流れ／流れることは／火のような郷愁をかきたて／初源へさかまく水の牙が／砂を湛える飢えの底を／さらにえぐった」という自我像へと進む。

この一見抽象的な己れの来歴は、作者の精神的内実をみごとに語ってはいないだろうか。清水昶が自らの裡の〈少年〉にこだわり、少年期を過ごした〈荒地〉に執着し、〈家族〉のありように拘泥したことの必然をみごとに表現してはいないだろうか。

満月のなかに一族は集結し
百姓一代
流民一代
その源流で
にがい草を喰い繋ぐ両親は
全身を草藪にして迷い

鎖を噛み切っている数十匹の赤ちゃんたち
あれは兄たちだ
まるい尻を便器に乗せて虚脱し
星をあおいでいるのは妹たちか
わたしは生まれたての叫びのまま
草藪をぐるぐると吹いている
父二六歳
母二〇歳
血を流して愛しあう
若い両親は
新鮮な恐怖を生んだ

（同、終結部）

最後が最初に再び戻るめまいに似たリフレインの効果は言うまでもないこととして、この作品においても、詩人は、『少年』でうたった内実の総まとめをしている。「Happy Birthday」に見られた自己の生命の発した瞬間を引き継いで、誕生の瞬間から己れの精神的来歴を語り、〈家族の肖像〉の確認作業を行っている。そして最後に再び、誕生の瞬間をリフレインすることによって、作品の完結を導き、それによって自己と家族を客観視しようとする。この部分の〈家族の肖像〉は、「一族」という時間的概念が加わった分、距離ができ客観的になったと言いうるだろう。つまり、『少年』の一篇一篇で執拗な自己確認が行われたのだが、この作品はそれらの総決算という趣きが強い。

『朝の道』が『少年』と最も異なるところは、前者には後者に見られなかった〈妻〉〈子供〉という概念が初めて現われることに端的に見て取ることができる。『少年』に出てくる〈少年〉は、原則的に言って作者自身のことであった。父母がいて、兄、弟がいて、姉、妹がいる。そうした子供のうちの一人として〈少年〉の作者がいた。『少年』の世界は、煎じ詰めればそうした〈子供〉の側からの世界であった。『朝の道』でも、もちろん基本的にはその通りなのだが、その概念からはっきりはみ出る詩篇がいくつか見られるようになってくる。

帰らぬわたしの少年は
にぶい陽を吸った土壁の破れから
切れるような眼で地平線を睨んでいた
切れるような飢えに水滴を浮かべ
やわらかな食道を素通りする行商の魚屋が残した

ひと握りの海をほろにがく食べていた

（「我が荒地」二連）

タイトルから見ると『少年』に直接繋がって行くかのような作品である。事実、この引用部から明らかなように、『少年』の語法を直接に引きずっているなじみのイメージである。「赤ちゃんたちの夜」が誕生を描いたものであるならば、「我が荒地」は、その誕生を引き継いで少年期以降の詩人の歩みを描いた作品である。「赤ちゃんたちの夜」から「我が荒地」へと、読者は自然に読み進むことができる。

実際、四連では、青年期の履歴と読むことの可能な、「あれからなんねんも賭けて／四肢の力学を解きあかし／奇妙にあかるい臓腑の町を這い／やたらに純潔の塔にもぐりこんでは／無口な反抗に身を灼いた」という表現が見られる。さらに五連で、「美事な矛盾に立って見えざるひとりの銃手」「鳥になった盲目の男」のイメージが語られた後、作品は急転する。

みんな嘘
はき棄てるようにねつ造してきた
優雅なにせの履歴

拳銃のような愛
ほんとうのわたしは
燃えつきるゆうやけのなかで悄然と野垂れ死ぬ
我が父祖たちの血統のなかにいる

（同、六連）

この連に及んで、作者が次々に生み出してきたイメージである「優雅なにせの履歴」が、すべて「父祖たちの血統のなか」に収斂してしまう。この「父祖たちの血統」を結節点として、後半はトーンが大きく変わる。つまり、五連までのこの作品は、『少年』に収められた詩篇で表現されたことの、いわば忠実な復習であったと見てよい。

しかし、すべてが「父祖たちの血統のなか」に収斂することを認識してしまった以上、それ以後の歩みは別のものにならざるを得ない。ここに、〈妻〉と〈子供〉の登場する所以がある。今まで、『少年』から『朝の道』までの詩篇で本質的に〈過去〉にばかり向かいがちであった視線が、初めて〈現在〉に据えられるのだ。

日と日のあいだで

わたしの逆吊りに眠る子供を認め
土からぬけ
朝陽のあたる卓上でわらっている
曝し首の妻を認めよ
するどいばかりの犬歯を認め
嚙み潰されてまわる舌を認めよ
潰れた両眼から不意にこぼれる
不覚な熱い涙を認めよ

（同、最終連前半）

この後も、最終連は、「……認めよ」「……認めよ」という命令形を連呼して終わる。明らかに前半のスタイルとは異なり、読み手に切迫した感情を抱かせる。その意味でも、作品全体の統一感がない点においても、決して成功作とは言えないのだが、作者のやむにやまれぬ熱い思いは容易に読み取ることができる。

さらに、ここで初めて「妻」と「子供」が出現したことの意義を見落してはなるまい。「赤ちゃんたちの夜」で自己の来歴を一つの完結した世界として客観視する行為があったからこそ、〈現在〉

への視線もめばえたのであり、それが作品世界への「妻」と「子供」の登場となって現れたのである。まさに「赤ちゃんたちの夜」は（そして「我が荒地」の前半も）、清水昶の重要な転換点であったのだ。『朝の道』に収められた詩篇のなかで、「妻」「子供」（自分の「妻」自分の「子供」という意味で）が登場するのは、この一カ所だけだが、「赤ちゃん」という語彙で別の場面に登場する。

確然と老廃をきわめる日の底で
いつものようにわたしは膝をかかえて眠り
昨日
わたしたちの赤ちゃんは
一言もなく
死んでいた

（「暗い五月に」終結部）

この暗い悲痛な作品のトーンには、作者自身、妻の流産にあっていることの反映がある。ここにおいて、これらの作品と「赤ちゃんたちの夜」とは、「赤ちゃん」という語彙において結びつく。作者が意識的であったかどうかはともかく、「赤ちゃんたちの夜」で自分の誕生を「赤ちゃん」ということばで認識した時、そのことばにわが子を連想しなかったかどうか。つまり、この一語において、〈私〉と自身の〈子供〉が繋がるのである。これは、あれほど忌避したはずの〈父〉から〈子〉への生の営為を、自ら繰り返すことを意味している。

しかし、不幸なことに、父から子への生の営為を受け継ぐはずの子供は流産という結果になってしまう。『少年』の中で、あれほど嫌悪した血筋という問題を、自らが「父祖たちの血統」(「我が荒地」)の中へ収斂していくことで肯い、自分が父となることで引き継ごうとした矢先の流産である。清水昶の本質的に〈過去〉に向けられていた目は、自らが子供として父母を見ていた視線は、この悲しい出来事を契機として否応なく〈現在〉へ向けられたのではないだろうか。

〈過去〉へと遡行することによって母胎のうちでまどろんでいた清水昶に、〈現実〉に覚醒する瞬間が来たのである。そう考えてみると、『朝の道』の巻頭に置かれた「夏のほとりで」の次のような書き出し部は、極めて意味深長に聞こえてこないだろうか。

明けるのか明けぬのか
この宵闇に
だれがいったいわたしを起こした
やさしくうねる髪を夢に垂らし

ひきしまる肢体まぶしく
胎児より無心に眠っている恋人よ
ここは暗い母胎なのかも知れぬ
そんななつかしい街の腹部で
どれほど刻《とき》がたったのか
だれかがわたしを揺すり
たち去っていく跫音を聞いたが
それは
耳鳴りとなってはるかな
滝のように流れた歳月であったかも知れぬ

「母胎なのかも知れぬ」「街の腹部」で眠っていた「わたし」の覚醒の瞬間をうたうこの詩句は、限りなく甘美である。そう、『朝の道』こそ、今まで述べて来たような様々な意味での覚醒の瞬間をうたった詩集であったのだ。

3 『野の舟』

清水昶の真の転換点となったのはやはり、一九七四年に刊行された『野の舟』であったろう。『朝の道』で覚醒の瞬間がうたわれていたとするならば、『野の舟』では覚醒の後がうたわれることになるはずだからだ。前者では兆しとしか見えなかったものが、後者では明確な形を取って現れてくる。『野の舟』においても、〈家族の肖像〉を描いた詩篇が圧倒的に多い。数えてみると、全二十篇中十五篇にものぼる。しかし、当然その〈家族の肖像〉は変質している。『朝の道』に収められた「暗い五月に」でうたわれた体験の後だけに、まず語彙に大きな変化が見られる。『少年』には見られず、『朝の道』に初めて登場する「妻」「子供」「赤ちゃん」といった語彙が、『野の舟』ではさらに比重が増し、前記十五篇中八篇にものぼっている。

きみが生む両性の奇型の死児は
さらに両親である奇型の死児を孕み
分裂する死の細胞は
遠く無念に狂死した双頭の祖先たちの
死児を孕んだかすかな観念を生んでゆく

（「死の年代記」部分）

「一言もなく／死んでいた」「わたしの赤ちゃん」（「暗い五月に」）の具体性を超えて、作者の内部で普遍へ、抽象へとイメージが深化したことをはっきりと示す作品である。一つの体験が、真の〈経験〉へと深化する明確な例と言い直してもよい。すなわち、この世に生まれ出ることのなかった子供（「死児」）が、個を離れて「さらに両親である奇型の死児を孕」むことによって（時間的に言えば明らかに逆流なのだが）、家系という血縁に収斂し、その必然としてさらに遡行して、「双頭の祖先たちの／死児を孕んだかすかな観念を生んでゆく」。ここにおいて〈死児〉は負のイメージでありながら、連綿と続く血縁のしかるべき場所に正当に位置づけられる。

この〈死児〉のイメージは、一読して目につく特徴とは言い難いながら、実は読者の心の底部で『野の舟』の主調音を静かに支配する通奏低音の役割を果たしている。たとえば、一見何気ない朝の日常的情景とも言えそうな「朝焼けの日に」という作品の中にも、微量の毒のように入り込んでいる。

幸福なフライパンが鳴っている
アルコール漬けの胎児が
花壜とならんでいたりして

新しい妻だってきちんと吊られている朝
わたしは出発する
美しい朝焼けに燃え
扉もなく
廃坑のように
唄のようにつづいている
夢の会社へ

（「朝焼けの日に」終結部）

「幸福なフライパン」「花壜」「美しい朝焼け」といった明るいイメージの中に巧妙に紛れ込まされた「アルコール漬けの胎児」。これが日常的生活の中の異物となって、作者の心の裡にトゲのように刺さっている。こうした日常生活の深い澱の部分の象徴としての〈死児〉のイメージならば、『野の舟』の中に容易に見つけ出すことができる。

たとえば、「背中だけの男」の「わたしは毎日／手さぐりで階段を降りつづけ／ねむっている猫や／暗闇に吊られたままの血染めの学生服それに／底なしの徳利や／死んだ赤ちゃん数匹を蹴とばして／顔色を失ってくらしているが／最近は／きまって背中だけの男にぶつかるようだ」といったフレーズが、それである。これらのイメージは、読み手の一人一人のうちに知らず知らず侵入してくる。『野の舟』の伸びやかなイメージを支える影の部分こそ、こうした詩句の役割だと言っても間違ってはいないだろう。

それでは、この〈死児〉のイメージは、〈家族の肖像〉にどういう変化をもたらしたのだろうか。

わたしは待つ
一日の筋肉をひっぱり
繋ぎ目のない縄をひっぱって帰ってくる老父を待つ
火のような髪をほどき
淫蕩な性をほどいてまっしろな老母を待つ
真昼の縁側でたましいの玩具をみうしない
澄みきったわたしの闇夜へ
泣きだしながら這ってくる子供を待つ

（「病気」部分）

この作品で初めて〈父〉〈母〉と〈子供〉とが同一平面上に並ぶ。「わたし」を要として「老父」「老母」と「子供」とが出会うのである。すでにこの作品の中で「老父」と「老母」はひどく年老いている。もちろん、『少年』の中でなじみとなった若い父、若い母のイメージも登場する。「縄にぶらさがっていた若い父よ／雪に喀血した若い母よ／母音に飢えた壊血病の斑点だらけの妹よ／真夏の雪よ／さようならさようなら」といった登場の仕方で。これは、言うまでもなく回想の中の情景だ。しかも作者は「さようならさようなら」とそれらに対して自ら別れを告げている。少年の視線で見た「若い父」「若い母」に訣別し、「老父」「老母」を「待つ」と宣告している。つまり、〈過去〉を振り捨て〈現在〉を見つめようとする作者の姿勢をこの作品は表現しているのだ。

その姿勢をもたらしたものこそ「子供」であったろう。「子供」を持つ意志を固めることによって、すなわち自らが「父」となる未来を決意することによって、〈現在〉を直視しようとする視線が生まれたのである。これこそ、『少年』の詩篇の中であれほど恐れていた、父の営為を継ぐことでなくて何であろう。この決断が、彼の作品に大きな変化の影を落とさない訳にはゆくまい。

だが
野はどこまでも荒廃深いうねりをみせ
いたるところで
風の森林が牙を剝き

素足の意志を踏みつける家族の頭上で
闇の木の葉が烏の大群のように舞っている
そのとき父は
夜の風波を操縦する若い船長!
若い母は華麗な蛇手だ!
わたしたちきょうだい
兄とわたしと妹は不安で小さな乗客である
そして
とりわけ救いのない夜は
母はやさしく性をひらき
父はひとりの剛直な確信となって船首に立つ
(「素足で歩いてきた者の伝記」部分)

この作品こそは、『少年』以来の〈家族の肖像〉の総決算的な作品と言える。清水昶は、何度も家族の原点に、己れの誕生にまでたちかえって、それ以後の(あるいは、さらに遡行して父祖たち以来の)家族の来歴を繰り返し語ってきた。そしてここに舟のイメージを持ち出すことによって、自らの家族の客観視に成功したと言ってよい。『少年』に見られた、自己の血筋のうちに〈家族の肖像〉を探る生々しさは確かに薄れたが、自分さえも冷静に見ることのできる距離の感覚が生まれている。

『少年』詩篇では、「わたし」（あるいは「少年」）は、兄弟、姉妹とは全く別の固有の存在であった（子供に、自分と兄弟とを同一視する視線はない）。ところが、この作品では、「わたしたちきょうだい／兄とわたしと妹は」と簡単に括られてしまう。これは、〈少年〉には受け入れがたい視点だ。ここにおいて作者は、極めて冷静で客観的な視点、あえて言えば、〈父〉の視点で自分を見ている。さらに、この自己客観化は、後の部分で次のような注目すべき詩句を生む。

幼年の伝説を生きるわたしは
いまでも
ひとりの剛直な確信となって
飢えつづけている若い父の
掘りぬいた穴をのぞくことがある
穴の底には
するどく痩せた若い父が眼だけを光らせ

挑むように斧をぶら下げて立っている
父はもう
わたしよりも若くなってしまった
妹は鳥目の少女となって
はやばやと夢の袋小路に迷いこみ
兄はさかだちしながら
いちはやく老いることばかり考えている
そして母は
鶴のようにうなだれて
家族の裂け目を縫いあわせていた

（同、部分）

この〈家族の肖像〉は、『少年』からまっすぐに繋がってきているなじみ深いイメージではあるが、そこには微妙なしかしはっきりした差異も見られる。あの暝い血の匂いに変わって、もっと鎮静化客観化した色調の穏やかさが感じられる。失った〈少年性〉に対する哀惜の念は強いが、『少年』詩篇の、自らの血筋に対するやみくもな拒否と、にもかかわらずの承認との間の激しい心の揺れ動きはもはや見られず、その失ったものの実体と現在との距離をよく知悉している者の静かな肯いの姿勢すら感じられる。「父はもう／わたしよりも若くなってしまった」というフレーズが、何よりもそれを証明している。

死んだ父の年齢を越えてしまったことが、父を（それはまた自分自身の少年時代を）客観視させる要因となったのである。その分、『少年』の、あのフツフツと煮えたぎるようなリズムも穏やかで伸びやかなものに変化し、祈りや呪詛から「うた」に変化してきている。〈過去〉が直接に〈現在〉のうちに甦えってくるのではなく、〈過去〉と〈現在〉の時間的隔たりを正確に測量している作者の手際を感じ取ることができる。こうしたリズムの伸びやかさは、たとえば巻末に置かれ表題作ともなった「野の舟」に最も顕著に現れてきている。

うつぶせに眠っている弟よ
きみのふかい海の上では
唄のように
野の舟はながれているか
おれの好きなやさしい詩人の
喀血の背後でひらめいた

手斧のような声の一撃
それはどんな素晴らしい恐怖で海を染めたか
うつぶせに眠っている弟よ
きみが抱き込んでいるふるさとでは
まだ塩からい男たちの
若い櫂の何本が
日々の風雨を打ちすえている？
トマト色したゆうひを吸って
どんな娘たちが育っているか
でもきみは
おれみたいに目覚めないことを祈っているよ
（「野の舟」前半）

一読して直ちに、『朝の道』の巻頭の「夏のほとりで」から〈うた〉の調べが流れてきていることに気づかない訳にはゆくまい。リズムのみならず、テーマ、モチーフにも主要な類似とそれゆえの変質がよく見て取れる。「夏のほとりで」で自らの目覚めの瞬間をうたった詩人は、覚醒した後の「兄」の視点で目覚める寸前の「弟」に呼びかけている。そして、この場合の「弟」とは、「もう一人の自分」ではなくて誰だろう。「幼年の伝説」から目覚めざるを得なかった一人の「わたし」が、「幼年の伝説」に眠り込んだままでいたいもう一人の「わたし」にうたいかけている。

覚醒の――それは〈現在〉を認識することの――ほろ苦さを嚙みしめつつ、睡眠の――それは〈過去〉の伝説の中に生きることの――甘美さを懐しんでいる作者の貌がここにはある。〈過去〉と〈現在〉との間の正確な距離の測定と、「幼年の伝説」から覚醒した自分とそこに眠り込んでいる自分という二人の自分に対する冷静な認識とが、甘美でやさしい〈うた〉のしらべを産んだと言ってよい。そして、この〈うた〉のしらべこそ『野の舟』の主調音であったのだ。

4 『新しい記憶の果実』から『片目のジャック』へ

『野の舟』に続く第五詩集『新しい記憶の果実』（一九七六年）になると、〈家族の肖像〉のテーマは正面からは退き、代りに『野の舟』にも見られた政治状況と関わるテーマの作品が多くなってくる。因みに、『新しい記憶の果実』全十九篇のうち、直接に〈家族〉に関わる語彙（「父」「母」「兄」「弟」「妹」「祖父」など）の使われているものは六篇である。この数字を多いと見るか少ないと見るかは主観によるが、これらの語彙が、テーマに関わることが少なくなり比喩的、修飾的になっていることは、誰もが気づくに相違ない。

ああ　古い戦場を闊歩していた父たちも
いずれ少年のように戸惑って去ってゆく
いまだにぼくも二十歳で塞き止められて
散発的に鳴りわたる鐘の音を聞きながらし
くらしの背中を踏み破っては
ふと底を失った目をひらく

（「開花宣言」二連部分）

ここでは、「父」の肖像を描くことに眼目はなくて、むしろ「父」の生き方と対比しての「ぼく」の内的世界を描くことこそ、中心のテーマであることが理解できよう。それは三連で書かれる「明け方の野戦に発《た》った父のようには／爽やかな断念にも酔えないし／故郷の水も甘すぎる」といった比喩的な表現の使われ方によっても明らかとなろう。こうした詩句から窺われるように、「父」の姿は相変わらず強いこだわりの因をなすものとして存在し続けているが、同時に作者自身、その桎梏から抜け出しつつあることを意識している。

図式化して言ってしまうと、「父」の年齢を越えて生きることの決意ととまどいが、強く作者に意識されているのである。「父」を越えて困難な生を生きようとする決意はもちろんあるのだが、「父」の生き方をいわば仮想敵として生きてきただけに、そのマイナスの指標を失った寄る辺なさもまた深い。『新しい記憶の果実』は基本的に言って、その混乱期の精神状況を強く反映した詩篇群によって成り立つ。従って、「開花宣言」「記憶の果実」「告別の時」「紅葉」といった『野の舟』の〈うた〉の流れを濃密に引く巻頭の数篇を除くと、その精神の混乱ぶりが作品の完成度をやや損なっている印象は拭い去れない。

この、生きることへのとまどいは、「はぐれたわたし」という概念となって、次のようにうたわれる。

わたしはいつまで
はぐれたわたしを探しつづける？
わたしのいのちは
もう晩秋のように深まって良いはずなのに
まるでともづなを切られた浮舟だ
不安のまんなかで朽ちかけ

よどみきっているばかり……

（「紅葉」部分）

わたしは咄嗟に逃げ道を探がしたが
一瞬にしてわたしはわたしから投げだされ
方角を失ってただひとり
冷えびえとした闇夜のなかで
幼児のように
目をいっぱいにひらいていた

（同、終結部）

大袈裟に言えば、ここにはアイデンティティの喪失がうたわれている。「父」という、いわば負としての精神的支柱を失って、自分の生を自分で設定しなければならないことへのとまどいがみごとに表現されている。再び「幼児」にもどって自分の本来あるべき生を取り戻さなければならない。そして、いつのまにか「はぐれたわたしを探しつづけ」なければならない。この、本来あるべき「わたし」からはぐれてしまった感覚は、『新しい記憶の果実』全体に感じ取ることのできるものだ。

とにかく、あるべき「わたし」を求めて出発しなければならない。道標も地図もない彷徨に旅立たねばならない。

その試行錯誤は、『新しい記憶の果実』と同年に刊行された『夜の椅子』から数年間続く。もちろん、その期間に見るべき作品がない訳ではないが、やはり、次の転換点であると同時に結節点となった詩集こそ、『片目のジャック』（一九八三年）であろう。この詩集に収められた全十九篇のうち、〈家族〉に関わる語彙の見られるものは九篇ある。しかしながら、やはりここでも、『少年』の時のような悲痛さに満ちた表現、神話的にまで高められた原型的な表現は見当たらない。年齢から来るもっと穏やかな色調が全体を支配している。とは言っても、「紅葉」で描かれた本来の自分からはぐれた感覚は、この詩集にも見られる。

戦火のゆうひに突っ込んだ若い父たちは
幻影の祖国に身を投げてのち
がっくりと肩を落とし
こんなはずではなかった　と
揺れるだけの電車の片隅に
まだ放心した兵士のように立っている

ぼくは戦後からあるきはじめた
小学生のように
いつも未来は過剰だったから
勇み足でやけに大きな学校にも行った
教室では質問ばかりして
人生を潰す楽しさに酔っていた
どこではぐれたのだろう
最近はしきりに　東京の
道を聞いている自分にふと気づく

（「電車」一連部分）

しかし、ここに見られる「はぐれた」感覚には、「若い父たち」の「幻影の祖国に身を投げ」た戦時中の行為と、「揺れるだけの電車の片隅に／まだ放心した兵士のように立っている」戦後の現実とを、「こんなはずではなかった」という違和によって重ね合わせるだけの余裕が見られる。「はぐれた」自分自身に途方に暮れながらも、そうした自分を静かに肯う諦観のようなものさえ感じられる。

かつての「少年」清水昶も年老いたのだろうか。事実、たとえば「夜明け」の「――希望は過去にしかない／老いを追いぬき／ぼくらがりんりんと盃を傾けるには／あるいは／月明の時代を待たなければならぬ」といった詩句を読めば、その老いの意識に、かつての読者は驚かざるを得まい。この意識を詩人の成熟と呼ぶことにはためらいがあるが、この意識が、『野の舟』のあの伸びやかな歌い口を鎮静化し、歌から語りへ、さらには深いつぶやきへと変化させた原因であるのは間違いない。あの初期作品から一貫して強迫観念としてあった〈家族の肖像〉も、この意識のために変質せざるを得ない。

はげしく雪が降っている日だった
いくつもの峠を越えて
父の遺体をひきとりに
病院に向った
氷柱のような裸電球が一灯

（「雪」三連）

あれからさらに日がかえり

父の年齢を越えた彼は
ことばの洪水に全身を犯された
急ぐということが
時を切るということが
どんなことなのか
茫然と
病院の一室でかんがえている
そこにも
氷柱のような裸電球が一灯

（同、六連）

「父」の死を越えて、「父の年齢を越え」て生きてきた作者の深い感慨が、鎮静化された何気ないことばのうちに強く感じ取られる作品である。うっかりすると読み過ごしてしまいそうな一篇だが、「父の年齢を越え」て生きてきた長い時間の堆積を、決して声高にではなくつぶやくように語りかけてくる。「ことばの洪水に全身を犯された」という一句が、詩人の来歴をおのずと表現している。修飾句がさらに修飾句を生んで〈家族の肖像〉を形造るという、油絵にも似た粘着質のリズムは、もはやここにはない。

ここに見られるように、『片目のジャック』に登場する〈家族〉にも神話的・原型的な影はない。「父」も「父祖たちの血統」から生まれ出た神話的なイメージを引きずっていない、いわば等身大の「父」である。「草の根」という作品で、「一緒に麦酒を飲む」「妹」も神話的な影を払った生身の「妹」である。しかし、このことこそ、詩人が〈家族〉の桎梏から解放され一人の人間としての「あるがまま」の自分を発見したことの証しかもしれない。

だが、そこにはまた別の、新しい〈家族の肖像〉が生まれ出てくる。

さて　狂ったような都会の桜も散った
春の陽を背に帰ってみると
家族は影の目をして
ふりむいた
暗い鏡の水の中で
とっくの昔　死んだはずの子供が
おもちゃの舟を浮かべてはしゃいでいる

テレビの暗箱の中では
まだ桜が満開で
世界中の事件を狂わせている
ぼくは
何もすることがない
無為という幸福……
ざんぶりと湯に入る
子供とともに
笑いながら
船長のいない舟を
しずめている

ぼくは打電しつづけてきた
深夜
日が切れ
ほっとして

うつむいて
人間になる時刻に

家の中には
いつも
暴風雨《しけ》がやってくる
気配がある

（「家の中」全篇）

静かなたたずまいを見せる作品ながら、今まで見て来た要素をすべて集約した趣きを見せる総決算的な作品である。まず、第一連の「春の陽を背に帰ってみると／家族は影の目をして／ふりむいた」という詩句は、そのまま『少年』所収の「Happy Birthday」の「陽の匂いを全身にあびて帰って来る／お父さんの背中を／まっ青な家族が見つめていたこと」というフレーズに重なっていく。ただし視点は正反対だ。後者が〈少年〉の視点からのものであるのに対し、前者は〈父〉の視点からのものだ。〈少年〉（子）から〈父〉へ。

ここには、初期の詩篇において、あれほど呪ったはずの〈父〉に自分自身が重なってゆくことへの恐怖と、にもかかわらずの諦観にも似た姿勢が見て取れる。さらには、「おもちゃの舟を浮かべてはしゃいでいる」「死んだはずの子供」のイメージも、『野の舟』を読んできたわたしたちには親しいものだ。二連の、「船長のいない舟」は、容易に『野の舟』の「素足で歩いてきた者の伝記」の舟のイメージを思い出させるだろう。ただし、ここには「父」という「船長」はいない。

　ここに描かれたイメージは読者にはすでに親しいものでありながら、そのトーンの何と違うことだろう。「いつも／暴風雨《しけ》がやってくる／気配がある」と言いながら、この静けさは何であろう。「子供とともに／笑いながら」「しずめている」「船長のいない舟」こそ、現在の〈家族〉の象徴そのものなのに。ここには、「父の年齢を越え」て生きなければならない〈現在〉が、詩人に突きつけてくる深い恐怖が聴き取れる。だからこそ、詩人は〈ＳＯＳ〉を「打電しつづけてきた」のである。恐怖に目をいっぱいに見開きながら、それをやり過ごすしかない諦観の気配がある。その目に〈現在〉はどう映っているのだろうか。

　そもそも、この詩人にとって、〈現在〉とは、否応なく父の方へと歩み行く〈未来〉と、再び遡行しようとする少年から胎児への〈過去〉との、「避けがたい裂け目」であった。〈父〉の方へ向かう〈未来〉を拒否する気持ちが強い分、この詩人の視線は〈少年〉期からさらに遡行する胎児期へと向かいがちであった。しかしながら、「父の年齢を越えた」詩人にとって忌避すべき〈未来〉はすでにない。この時、詩人はどのように〈未来〉を設定し、どのように〈現在〉を認識するのであろうか。

5　その後の作品にふれて

『片目のジャック』以後、清水昶は何冊もの詩集を出したが、詩集における〈家族の肖像〉の比重は原則的に言って次第に軽くなっていき、その分スタイルもいわゆる「軽み」を帯び、「語り」に近づいてくる。テーマも多様化し、一見、〈家族の肖像〉の強迫観念からこの詩人が逃れ得たように見受けられる。しかし、詩的出発にあたって原点としてあったものが、そう簡単に詩人の裡から消え去るものではなかろう。消え去ったように見えても、それは詩人の心の裡にさらに深く沈潜し、形を変えて露呈してくるはずのものだ。そして、稀に、極めて生な形で、あの〈家族の肖像〉が直接溢れ出てくることがある。

たとえば、『百年』（一九九〇年）に収められた次の一篇――。

自分の影を踏みつけておどろくように
いつも年齢は

不意にはじまるものである
うつむくと
羽月部落の湧き水にすみきってゆらゆらと
ぼくの両目が浮いていたりして
そこではまだ　風景がさかさまで
若い母があおむけに笑っている
すべてのことばを水にながして
虚ろに酔っぱらっている祖父もおり
喀血する白面の兄もゆらゆらと
家族の陰画《ネガ》を濡らしている

（「柘榴」一連）

この過去の映像は、非常になじみ深いものだ。常に、この詩人は、〈家族の肖像〉を「陰画《ネガ》」として自分の生を構築してきたことが窺われる。しかしながら、わたしたち一人一人にとって、まさに〈家族〉とは精神的な〈陰画《ネガ》〉ではないだろうか。身近な〈家族〉の生き方を〈陰画《ネガ》〉として自分自身の〈陽画《ポジ》〉を構築することこそ、人が生きるということだろう。そうやって、人は〈父〉から〈子〉へ、〈子〉から〈孫〉へと、原型的なもの、神話的なものを受け継いでゆくのだ。

清水昶の詩が、読者の心を揺さぶるのは、この〈家族の肖像〉の原型に迫ろうとする、その試みのゆえにほかならない。確かに初期の作品に見られた、自分の全存在をかけて〈家族の肖像〉の原型に迫ろうとする直截性は、後年の作品からは薄れたかもしれない。しかし、この問題が清水昶の根底から失われてしまった訳ではない。常に、清水の詩の根底にあって、彼の詩を〈詩〉として保証する光源として各詩篇を照らし出しているのである。

内部が覆されるような衝撃

——田村隆一「腐刻画」

田村隆一の数ある魅力的な作品の中から一篇を選ぶのは至難のことだろう。ここでは、田村隆一のベスト・ワンというよりも、私が強い衝撃を受けた彼の最初期の作品を選んでみよう。

私が戦後詩を読むようになったのは十八、九歳、一九六〇年代末だったたので、田村隆一の初期作品との出会いは、当然同時代的ではなく時間を隔てて、たぶん思潮社の「現代詩文庫」シリーズで（あるいは何かのアンソロジーの類か）読んだのだと思う。そこで出会った『四千の日と夜』の諸篇は私の不意を突いてくるものが多かったのだが、その中でも特に「腐刻画」には、こちらの内部が覆されるような衝撃を感じた。

今それをことばにしようとすると、何とも陳腐な形容になってしまうのだが、その「非感傷的な」「硬質な」言語のあり方に驚いたのだと思う。詩とは作者の内面にある情感をことばによって表現するものだという、世間によくある偏見から十分には脱していなかった二十歳前後の私は、「腐刻画」というタイトル通りこちらの内面をギリギリとビュランで扶ってくるようなことばの力に圧倒された。そのことばは、何かを（情感や主題のいくばくかを）近似値として伝えれば事足れりとする、その場限りのヤワなものではなく、それ自体で孤高のうちに屹立している性質のものであった。ことばが、情感や思想の伝達手段に終わらない自立的なものでもありうることを、私はその時、感覚的に察知したのだと思う。

ドイツの腐刻画でみた或る風景が　いま彼の眼前にある
それは黄昏から夜に入ってゆく古代都市の俯瞰図のようでも
あり　あるいは深夜から未明に導かれてゆく近代の懸崖を模
した写実画のごとくにも想われた

この男　つまり私が語りはじめた彼は　若年にして父を殺
した　その秋　母親は美しく発狂した

作品は、無音の静寂のうちに何の情感も主張も交えることなく淡々と始まる。それは、単に何かの描写か説明にすぎないと思わせるほど、ある意味で「非文学的」だ。詩的な「決まり文句」も、気のきいた「比喩」もない。それでも読み手に、「黄昏から夜に入ってゆく古代都市の俯瞰図」「深夜から未明に導かれてゆく近代の懸崖を模した写実画」の構図や描線、その濃淡に至るまでを明確に想起させうる。

そして、一行の「空白」を置いた後の二連で作品は劇的な変化を見せる。ここで初めて「私」が登場する。しかし、この「私」は、〈私〉としての内実を持たず、非人称的な語り手に徹することによって、作中の「彼」の姿を一枚の腐刻画のように浮き立たせる役を担っているだけだ。いや、むしろ逆に、明確なフォルムを持った「彼」という装置を構築することによってこそ、「私」の内実がはっきりと照射されうる結果になるのだ。この「彼」と「私」との絶対的距離からくる断絶と照応とに、私は激しく震撼された。

かくして「腐刻画」は、私に詩の「原型」を実感させた数少ない作品の一つになったのだが、後に田村自身がこの作品について「ぼくが「詩」を書くというはげしい意識をもった最初の詩であった。そして、その、はげしい意識が、散文詩のスタイルをとったところに、ぼくは、ぼく自身の「詩」にたいする一種の絶望を見る」(「ぼくの苦しみは単純なものだ」)と述べているのを読んで、深く納得するものがあったことを覚えている。

しかしその後の田村隆一の歩みは、「腐刻画」の直接の延長線上である散文詩の方へは向かわなかった。彼自身、「この原型となる詩は、彼に課せられた「地図のない旅」の全体であり、時と、死、そして愛の諸観念がすべて、ひとつのものとなってそこにふくまれている」(「地図のない旅」)と書いているにもかかわらずである。この時期に書かれた数少ない例外を除いて、その後散文詩は書かれなかったが、もちろん、この作品に見られる「断絶」と「空白」は、絶えず形を変えて彼の作品全体に現れる詩的本質であったことは間違いないであろう。

それを承知の上で言うのだが、田村隆一が「腐刻画」の直接の延長線上にその後の作品を展開していたら、一体どのような詩的光景を見せてくれただろうかと、その可能性を私は今も時々夢みるのである。

個を超えた神話的時間

――高橋睦郎『鍵束』『兎の庭』

高橋睦郎の詩集『鍵束』（一九八二）の特徴を要約することは難しい。タイトルが明示しているように、収められた十七篇は正に「言葉の鍵束」であり、したがって、各詩篇の主題（錠）も多様な展開を見せれば、当然スタイル（鍵）もそれに応じて様々に異なっているからだ。しかし、この点にこそ、この詩集が高橋睦郎の新しい出発点となったことの証があるとは言えないだろうか。

日本の近現代詩にあっては、何よりも詩人の個性こそが尊重され、スタイルはその詩的個性に属するものであり、したがって、詩人にスタイルは本質的に一つしか存在しないという考え方が未だに支配的である。高橋睦郎は、こうした個性重視の詩観に真向から反対する。詩を書かせるのは詩人の個性だとする十九世紀的な個性崇拝を排して、ことばのマグマの噴出力が詩人をして詩を書かしめるというきわめて現代的かつ普遍的詩観を採用する。つまり、スタイルを決定するものは作品の主題であるとする考えである。

「作品は作者にとって」つねに事故
事故という名の時間の亀裂　その裂線
きみじしん裂線の束の「引用と引喩」で
くりかえし描きかえられるドローイング
きみの尤もらしい肖像を構成する
「引用の束」をとり去ったとき
赤裸の王　きみはいったい誰か
顔のゆるんだ　輪郭の溶けたきみは
歩いていく「〆切は月末」という
終末の光へ　あるいは復活の闇へ
もう一度「大丈夫ですか」

（「八人からの引用による曖昧な肖像」最終節）

これは、詩人が詩との新しい関係に入ったと自覚する直接の契機となった交通事故をモチーフにした、この詩人にしては珍しい（自己の体験を直接モチーフにしているという意味で）作品である。しかも、それを、事故の際の、医師、看護師、警察官、雑誌編集者らの発言をコラージュして構成した、誠に高橋睦郎らしい発想の詩でもある。軽みにも似た伸びやかさと、にもかかわらずの切実さを感じさせる。ここで詩人は、決して自己の裡の思想や感情を表現しているのではない。偶発的な他人のことばの引用によって、自己を素材としてさらに普遍的な人間存在の不可思議さに迫ろうとする緊迫感が見られる。それを技法的に支える「きみ」という人称の使用が効果的である。

だが、こうした具体を通して抽象を見ようとするこの詩人の姿勢は、何も『鍵束』から新たに見られるようになった訳ではない。そもそもこの詩人は、いわゆる「六〇年代詩人」の中にあって、世界の構造・本質を見据えようとする詩人として登場した。それが、この詩人の場合、初期の詩篇をこの世を呪う声の発露としたと考えられる。呪文としての詩という様相ならば、六〇年代の詩がしばしば呈していた特徴の一つと規定してよいが、それらの多くが、政治的・社会状況的側面からの現実呪詛の詩であったのに対して、高橋の場合は、男色という問題が強いる特異であると同時に原理的な深淵からの呪詛であった。しかもそれは、一方的な現実呪詛の詩に終わらず、同時に世界に対する頌でもあったのだ。

ここには、「聖」と「穢」との間で大きな振幅を描くこの詩人の本質が見えていた。いや、「聖」と「穢」とは単純な二元論には還元しえず、むしろ両者が背中合わせの複合体として存在する、バタイユ的な世界がすでに見えていたと言った方がよい。それが、彼の詩をして激しい熱度をもった「呪」にして「頌」という類稀な世界原理への探究の姿勢を取らせたのである。

その後の彼は、男色の聖化という固有の問題を離れて、主題のさらなる普遍化とそれに伴うスタイルの冷却化の過程を辿る。たとえば『王国の構造』（一九八二）において、彼は、荒野に屹立する不可視の王国を緻密な散文体で築き上げることによって、世界の構造を見据えようとした。この詩集には、ことばで世界を捩じ伏せようとする力業を感じ取ることができるが（それがこの作品の最大の魅力だろう）、逆にことばがスタイルに制約されている窮屈さを感じないでもない。

それが『鍵束』になると、主題によってスタイル・構成が自ずから選ばれる自在さが仄見え、さらに『兎の庭』（一九八七）では、ことばは一層練り込まれ、各篇ごとに個を超えた濃密な神話的時間が流れるまでになる。

ほんもののヒキガエルが棲む
想像の庭について　あなたは語った
だが　語ったあなたが立ち去ったいま
その庭は何で　そのヒキガエルは何か

その庭はあなたで　そのヒキガエルは
あなたの中心に蹲るあなたの脳みそだった
脳みそが脳みそのかたちのまま　埃になり
少しずつ　少しずつ　風に運び去られ
ついに　あとかたも無くなったいま
ヒキガエルは　あなたが遺した言葉
その記憶にしかいないし　その影の
ヒキガエルと共にしか　庭はない
その言葉を　私たちの顫える舌が
雨の中で　ひそかに甦らせるとき
私たちは雨の庭　私たちの脳みそは
雨を舐める濡れるヒキガエルとなって
ゆっくりと歩き出す　そのヒキガエル
を離れて　私たちという庭は　いない

（「庭」全篇）

平明なスタイルのこの作品には、静かなしかし激しい世界への問いかけが聴こえる。見えるものを手掛りに見えないものを（世界を、詩を）見ようとする抽象への情熱が感じられる。もともと高橋には、〈詩〉とは到達不可能なイデアであり、その〈詩〉を求め続ける者こそ詩人だとする認識がある。しかも、抽象的な〈詩〉を考える場合も、具体的な日本語の一語一語の生命に従うことが条件となる。この日本語の問題抜きには、高橋が俳句・短歌をも試みていることは理解できまい。

〈詩〉という欧米から来た概念を日本語で表現することのねじれに鋭敏な高橋睦郎が、正統的かつ普遍的な詩観を持つ高橋睦郎が、浮薄な個性重視の風潮のうちで皮膚感覚的に表層と戯れているかに見える現代詩人の中にあって、どうしようもなく異端めいて見えてしまうことは、一体何をわたしたちに語りかけているのだろうか。

ことばの湧き出る迷宮

――時里二郎『翅の伝記』

時里二郎の作品をその最初期から見てきた者の目にも、詩集『翅の伝記』は、彼の短くはない詩歴の中でひとつの大きな分水嶺をなすものとして映る。一方で特異な皮膚感覚にあまりにも頼り、他方で微細なことばの差違と自足的に戯れる感の強い現代詩にあって、詩を確かな構築物として提示しようとする時里詩が、この詩集において精妙でしなやかなひとつの完成体を見せているように思われるのだ。まずは、作品の構造を見てみよう。

物語は、「鞘翅目天牛科」と題されたカミキリムシの標本をモチーフとした散文詩を序とし、「島嶼のサル　或いは　翅の伝記」と題された民俗学・動物生態学風の記述を出発点として始まる。その後は、この「島嶼」を舞台に不可思議な地誌が綴られていく。「翅脈に毒を通わせている」トンボの小さな複眼を啜るサル、「物語を食餌とする」カミキリムシ、「物言う島」という名の無人島、その島にある巨石を抱き込んだ「白い巨木」、島嶼を謡い巡る「謡衆」、「謡衆に先行して島嶼を巡っている」「ギュイ」という集団、彼らが奏でる「一対の弦状の祭具」「ギー」。

このあたりの、まるで「入れ子細工」のように未知なるものが次の未知なる道具立てを生み出してくる詩人のめくるめく手つきの鮮やかさは、息を呑むほどだ。しかも、こうした道具立てがすべて揃っているにもかかわらず、「この島嶼一帯には「物語」がない」と詩人は読者を突き放す。しかし、その時には皮肉にも、われわれ読者は詩人の手つきに翻弄されるがままに、この欠落した物語の深淵にどっぷりとはまってしまっている。

そして、物語を喰うカミキリムシの翅の「その紅色をそっくりそのまま瑠璃色に変えれば、わが「穴浦」のルリボシカミキリとそっくりである」という記述を軸として、作品の舞台は、南洋の島嶼から「わたし」の故郷である「穴浦」へとその中心を移していく。この「あうら」という地名が、異界との境界である「ura」(「浦」「裏」)や、声だけで姿を見せない鳥「umi」(「海」「産ミ」)を導き出し、同時に、それらをめぐる「父」と「父とは逆さまの旅程を辿ろうと」する「子」の物語が、息苦しいほどの密度で展開されていく。

このように、南方の「島嶼」と「穴浦」が重ね合わされることによって、つまり、〈海〉と〈森〉、「父」と「子」のダブルイメージによって、二つの焦点を所有する楕円構造を持つことになった作品は、ひとつのことばが別のことばを呼び込んで、自己増殖的に次々と物語を紡ぎ出していく。このジグソーパズルにも似た作品構造は、部分が他の部分と呼び交し合って、めくるめくことばのタペストリーを織り上げていくのだが、ひとつひとつのパーツはあえて多義的に作られていて、あちこちで欠落を見せたり、重なり合ったりする。

しかしながら、読者は、この物語の欠落に落ち込んで〈ura〉の迷宮をさまようことに大きな喜びを感じる。つまり、詩人の手によって作り出された意図的な隙間からポエジーが溢れ出ることによって、逆の言い方をすると、その隙間を埋めようとする読者の想像力の働きによって、謎にみちた大きな世界が確実な質感をもってわれわれ読者の前に立ち現われるのだ。

その意味では、この作品ほど、ポエジーは理解ではない、意味の伝達ではないと納得させる作品は珍しいかもしれない。一般に人びとは、詩の中の「意味」に還元できるものを受け取って安心する。しかし、ポエジーは、ことばから照射された映像なり音楽なり形而上学なりの、それ自体で動きだす運動そのものの中に存在するのであって、伝達可能な「意味」の中にとどまるものではない。

この作品は、二つの焦点をもつ楕円構造のうちに自足することなく、さらに、「穴浦」の語源の一つといわれる「あな、うら」ということばから、流離の親王の物語「桃夭」の神話的世界へと大きな飛躍を遂げることとなる。つまり、「島嶼」と「穴浦」の二つの中心を持ついわばヒョウタン型の物語構造が、古代の神話という異空間へと裏返しの形で繋がっていくのだ。あたかも「穴浦」の森にある「ura」を通って「海」に抜け出ることができるように――。このクラインの壷のように奇妙にねじれた空間感覚が、われわれ読者の意識を宙吊りにしたまま、ことばの湧き出る迷宮の中をいつまでもさまよわせることになる。

現代の、ことばの表層と戯れるだけに見える多くの詩の中で、時里二郎の特徴の一つは、その発語する層の深さにある。日常やそれに隣接する場所から詩語を発するのではなく、自己の内部深く、さらに自己を超えた古層である神話や伝説といったものが横たわる層から発語しているのである。たとえ、発語の層が浅い（とはつまり、有体に言ってしまえば、やや説明的に感じられる）と見える部分でも、好意的に見れば、多層的な人間存在のあり方を示すためにあえて偽装して提示したのであって、それ自体は、内部の深い層への測深鉛をひそかにおろしているのである。換言すれば、そうした部分も、多様な作品構造を構成する重要な要素として機能していて、決して作品の中での傷とはなっていないのだ。

時里二郎のしなやかで独自の形而上学を支えているのは、この魂の古層から発せられたことばなのである。彼の詩は、その内実を単純な主題に置き換えるのは不可能なほど、多面的・多義的な様相を見せてはいるが、乱暴を承知であえてそれを要約してみると、「自分とは何か」「私とは、どこから来て、どこへ行くものなのか」という問題に収斂するように思われる。

しかもそれは、時里二郎個人としての問題にとどまらず、普遍的な人間存在そのものの原型的・根源的あり方の模索に通じている。彼の作品に神話（偽りの）や伝説が頻出するのも、次元を異にする「わたし」「ぼく」が出現するのも、こうした普遍的・根源的な自己に出会うための工夫にほかならない。その意味で、彼の処女詩集が、すでに『伝説』と名づけられていたのは象徴的であった。

もう一つ、時里二郎の詩に特徴的なのは、文学から文学をつくる姿勢であろう。そう言うと問題が大きくなってしまうので、ここでは、ことばからことばを生み出す姿勢と言い直しておこう。今まで見てきた例のほかにも、「トンボ」がその古語「とうばう」を経て「トウバ」（塔婆）、「トンボー」（墓）へと目もあやに変貌していく「蜻蛉目蜻蛉科」や、「翅」という漢字から連想されたと思しき「栩」「栩の森」といった作品のように、ことばの音韻やイメージ、漢字の視覚的印象等を駆使して物語を自己増殖させていくのだ。と言うよりも、むしろ、ことばの持つ喚起力に作者自身が全面的に身を委ねていると言うべきだろうか。

あくまでも卑小な自己にこだわり、一見奇矯な自己表出や皮膚感覚的な表現の目立つ、あるいは日常的、散文的な「意味」伝達で事足れりとする現代詩の中にあって、時里二郎の、自己を超え出る根源的存在への探求や、その表れとしてのことばそのものに付き従おうとする姿勢、そこから生み出されるしなやかで肉感にあふれたことばは、その重要度を今後いよいよ増していくと思われる。しかも、自己を超え出ようとする場合、自己から離れた対象を追求するのではなく、あくまで自己の内部を真摯に掘り進むことによって人間存在の本質に肉迫しようとする彼の詩業は、現代詩に重要な示唆を与えるものとなろう。

前詩集の『ジパング』では、題材は実に魅惑的でポエジーの飛翔は随所で見られたものの、その掘り下げ方や構成に多少の不満が残ったし、そのことを詩人自身にも伝えた。その八年後の『翅の伝記』では、その瑕疵をみごとに克服して、有機的に結びついた各章がそれ自身で静謐な輝きを見せながら、不思議に深い人間存在の本質に迫るような物語を織り上げていることに強い感銘を受けた。このように、今までの集大成とも言える詩集を完成させてしまった詩人は、この後どのようにこの世界を壊して、さらに新しい詩的世界を構築していくのか、この詩人からしばらくは目が離せそうにないのである。

あとがき

これは、書き下ろしで出した『リーメンシュナイダー　中世最後の彫刻家』（五柳書院）や共著を除けば、散文を集めたわたしにとって初めての本である。

目次をあらためて眺めてみて、長年にわたってようやくこの様相かと恥じ入る思いだが、自ら進んでは散文を書いてこなかった結果であるから、やむを得ないだろう。詩と散文についてのポール・ヴァレリーの定義をここで援用するならば、そのこと自体が目的である「舞踏」は、ことばの光の噴出としてわたしに創作のよろこびを強く感じさせたのに対して、目的地のあらかじめ定まった「歩行」は、わたしにあまり書くよろこびを与えなかったと言えるかもしれない。

もちろん、散文には散文のよさというものがあることは言うまでもない。ともすれば、自己満足の罠に陥りがちな「詩」に対して、理解なしには成立しない「散文」には、根底に他者との対話の姿勢が求められる。それによって、ひとりよがりになりかねない自分の思いを客観的に見直すことが可能となる。他者との回路を作ることによって、自分をもまた一人の他者として見る視線を獲得できるのである。だから、ときどきは自らに測深鉛をおろす必要が生じて、散文を書いてきたというのが実情だろう。

さらに、目的地に合理的に到着することだけが「歩行」の目的ではない。「歩行」にも、たとえば「遠足」や「散歩」のような、「舞踏」とは別の楽しみがあることは言うまでもない。魅力的な目的地そのものに強い吸引力があり、到着するための過程さえもがよろこびをもたらしたり、あるいは、漫然と歩きながら、時々に咲く花を眺め、心地よい風に吹かれ、ぽかぽかする陽射しに温められたりするのも、また「歩行」の楽しみに数えられるだろう。書いている途中でそうした思いを抱いた散文も、もちろんないわけではない。

このような、散文の積極的な書き手とは言えないわたしにも、ときどきの編集者の注文に魅力を感じて応じるものがあったり、まれには自分から進んで書いたりしたものが、いつの間にかそれなりの量たまっていた。もともと本としてまとめる意識のなかったわたしは、それらをそのままに放置していた。そんな折、玉川大学出版部の森貴志さんが散文の本を出すことを強く勧めてくださり、そうした種々雑多な文章の中から、いくつかを拾いだし関連付けて編んでくださったのが、この本である。

書いた時期がずいぶん離れていたり、また発表の媒体の性格が異なったりしたため、それぞれ文体や調子が異なるものや論旨の重複があるものについて手を入れ全体の調和をはかったが、初出の際の情調とでもいうべきものを尊重するために大きく手を加えることは避けた。経過からも明らかなように、これはわたしの本というより、森さんが産んでくださった本と言った方がよいかもしれない。この場を借りて、あらためて深い感謝の意をささげる。
この本が出る頃には、『高柳誠 詩集成 Ⅰ』（書肆山田）も刊行されているはずで、これで、詩と散文の両方の集大成が同じ時期に出そろうことになり、わたしにとって大きな節目の時となる予感がしている。これらの文章に、はたして「遠足」や「散歩」のようなひそやかな楽しみがあるのかは、ひとりひとりの読者の判断を仰ぐしかないが、少しでも「詩」に対する興味や理解が進むのならば、著者としてこれ以上のよろこびはない。

二〇一五年　一一月

高柳　誠

初出一覧

Ⅰ　詩とポエジー

「詩の淵源を」（『現代詩手帖』一九九九年十二月号）
「詩論のための試論」（『現代詩手帖』一九九六年六月号〜十一月号、一九九七年一月号〜四月号）
「装置としての詩」（『現代詩手帖』一九九三年十月号）
「未知なる「ことば」を求めて」（『ガニメデ　臨時増刊号』二〇〇四年七月）
「詩」と「声」（書き下ろし）

「現実の向こう側に」（『中日新聞』一九八三年三月九日夕刊）
「詩と版画のあいだ」（『中部読売新聞』一九八四年十月九日）
「神話的世界へのノスタルジア」（原題「私の古典」、『詩学』一九八七年九月号）
「都市の裡の廃墟と闇」（共同通信社配信、一九八九年五月）

Ⅱ　詩と詩人

「「空無」の形象化」（『玉川大学リベラルアーツ学部研究紀要』第八号、二〇一四年三月）
「廃墟の〈空〉からの出発」（『論叢　玉川大学文学部紀要』第二十九号、一九八九年三月）
「〈ことば〉の所有宣言」（『論叢　玉川大学文学部紀要』第三十号、一九九〇年三月）
「〈家族の肖像〉の推移」（『論叢　玉川大学文学部紀要』第三十一号、一九九一年三月）
「内部が覆されるような衝撃」（『現代詩手帖』一九九八年十月号）
「個を超えた神話的時間」（原題「『鍵束』と『兎の庭』」、『國文学』一九九〇年九月号）
「ことばの湧き出る迷宮」（『詩学』二〇〇四年六月号）

高柳 誠（たかやなぎ・まこと）

詩人。玉川大学リベラルアーツ学部教授。一九五〇年生まれ。同志社大学文学部国文学専攻卒業。一九八〇年に第一詩集『アリスランド』（沖積舎）を刊行後、第二詩集『卵宇宙／水晶宮／博物誌』（一九八二年、湯川書房）でH氏賞、『都市の肖像』（一九八八年、書肆山田）で高見順賞、詩画集三部作『月光の遠近法』『触感の解析学』『星間の採譜術』（一九九七年、書肆山田）で藤村記念歴程賞を受賞。その他の詩集に『綾取り人』（湯川書房）、『樹的世界』（思潮社）、『塔』『夢々忘るる勿れ』『半裸の幼児』『光うち震える岸へ』『大地の貌、火の声／星辰の歌、血の闇』（書肆山田）、評論に『リーメンシュナイダー 中世最後の彫刻家』（五柳書院）など。一九九六年以降、ドイツ各都市で朗読会を開催。二〇一六年には『高柳誠 詩集成 Ⅰ』（書肆山田）を刊行。

詩論のための試論

二〇一六年三月二五日　初版第一刷発行

著　者　高柳　誠

発行者　小原芳明
発行所　玉川大学出版部
〒一九四―八六一〇
東京都町田市玉川学園六―一―一
ＴＥＬ　〇四二―七三九―八九三五
ＦＡＸ　〇四二―七三九―八九四〇
http://www.tamagawa.jp/up/
振替　〇〇一八〇―七―二六六六五

印刷・製本　創栄図書印刷株式会社

ISBN978-4-472-30307-4 C0095 / NDC911